KB195686

트라페지움

TRAPEZIUM

© Kazumi TAKAYAMA 2018

First published in Japan in 2018 by KADOKAWA CORPORATION, Tokyo.
Korean translation rights arranged with KADOKAWA CORPORATION, Tokyo
through Shinwon Agency Co.

이 책의 한국어판 저작권은 신원 에이전시를 통해 저작권사와 독점 계약한 ㈜북이십일에 있습니다.
저작권법에 의하여 한국 내에서 보호를 받는 저작물이므로 무단 전재와 복제를 금합니다.

Trapezium

트라페지움

トラペジウム

타카야마 카즈미 장편소설

김수지 옮김

arte

일본에 아이돌 문화가 생겨난 이후로 제법 긴 시간이 흘렀다.

수년에 한 번씩 파도가 밀려오듯 붐이 일지만

지금은 썰물 때인 것처럼 느껴졌다.

어쨌든건 아즈마 유우와는 상관없는 일이었다.

CONTENTS

CONTENTS

1
남쪽 하늘의 별
: 부드러운 말씨의 소녀

★

계획 첫날.

방과 후 자율 학습 시간이 끝나고 평소처럼 오후 4시쯤 출발하는 전차에 올라탔다. 전차가 한 시간에 한 대밖에 다니지 않는 이 시골 마을에서는 집에 가는 학생들끼리 자연스레 얼굴을 익히게 된다. 하지만 오늘만큼은 상황이 다르다.

"다카하시가 무임승차를 해서 정학당했대. 펜스를 기어오르는 걸 택시 기사가 보고 찔렀다더라."

"진짜? 완전 웃긴다."

낯선 남학생 두 명의 대화가 텅 빈 전차 안에 울려 퍼진다. 출발 안내 방송이 흘러나오고 전차는 서서히 반대 방향으로 움직이기 시작했다. 나는 대체 뭐하고 있는 걸까. 왼손 손가락을 목에 갖다 대자 요동치는 맥박이 느껴졌다. 되돌릴 찬스는 몇 번이나 있었으나 나는 그 기회를 거부했다. 비록 바보 같고 승산 없는 프로젝트였지만 시작할 각오는 되어 있다.

반도의 남쪽 끝에 있는, 아무것도 없기로 이름난 역. 전차에서 내리자마자 한산함이 엄습한다. 역에는 폐허가 되다시피 한 공원이 있었는데, 무성하게 자라난 잡초 속에 풍화된 애꾸눈이 판다와 피를 흘리는 것처럼 보이는 토끼 모양 놀이기구가 파묻혀 있었다. 낮이라면 몰라도 밤에 이곳을 지나갈 걸 생각하니 상상만 해도 으스스하다. 성공적으로 임무를 수행해서 빨리 집으로 돌아가고 싶어졌다.

해변을 따라 난 널찍한 길을 걷다 보니 작은 표지판이 눈에 들어온다. 생각보다 시간이 많이 걸리지는 않았다. 여기에서 꺾으면 오늘의 목적지가 곧 나타난다. 세찬 바닷바람이 괜스레 참견을 하듯 내 등을 떠밀었다.

'세이난(聖南) 테네리타스 여학원.'

웅장한 교문이 나를 내려다보자 질 수 없다는 마음으로 노려본다. 그 김에 순정만화 제목의 글씨체처럼 조각된 명판도 발로 차서 한 방 먹여 주었다. 오기 전에 구글 거리뷰로 경비실이 없다는 것을 확인했는데, 역시나 경비원은 한 명도 보이지 않았다. 하지만 사립 공주님 여학교는 아무런 장애물도 없이 교문을 들어설 수 있을 정도로 만만하지는 않았다.

"잠깐만, 너 지금 뭐해?"

"저요?"

"그럼 여기에 너 말고 누가 있어."

주위를 둘러보니 정말 아무도 없다. 하얀 블레이저를 입은 여자는 마치 양말에 난 구멍이라도 발견한 것처럼 인상을 찌푸리며 이쪽을 보고 있었다. 이내 잘난 체 하듯 팔짱을 낀 채로 한 발 한 발 거리를 좁혀 온다.

"우리 학교에는 무슨 일로 왔어?"

"어쩌다 보니 잠깐 들른 거예요."

"이런 외딴곳에 아무 목적도 없이 왔다는 말을 믿을 것 같아?"

"……."

의심받지 않으려면 솔직히 말해야 할까? 하지만 말한다 한들 순순히 받아들여 줄 것 같지도 않았다.

"자, 수상한 사람, 같이 경비실로 가시죠."

"저 수상한 사람 아니에요."

"그럼 뭔데?"

"저는 그냥…… 친구를…….''

"……친구?"

"이 학교에서 친구를 사귀고 싶을 뿐이에요."

"풋, 웃기고 있네."

여자는 콧소리를 내더니 손가락으로 콧잔등을 누른 채 웃기 시작했다. 그 일련의 동작에 기품이라고는 느껴지지 않았다.

"이봐, 너처럼 멋진 옷을 차려입은 사람이랑 우리 학교 학생은 수준이 안 맞아. 그 촌스러운 옆트임 스커트에, 목에 두른 부추 같은 리본. 엄청난 센스잖아. 나는 따라갈 엄두가 안 날 정도네."

"뭐……."

"여기서 더 말 섞어 봤자 귀찮아질 것 같으니까 실례할게. 고맙게 생각하라고. 테네리타스의 이름을 걸어찬 걸 봐주는 거니까."

멀어져 가는 여자의 등을 눈으로 쫓으며 머릿속으로 상황을 정리한 뒤 냉정을 되찾았다. 하지만 분노의 감정을 억누르기란 그리 쉽지 않았다.

"쳇, 테네리타스는 개뿔……."

밉살스러운 여자의 뒷모습에 대고 가운데 손가락을 치켜들었다. 노골적인 비아냥거림이었다. 내가 입고 있는 조슈(城州) 히가시(東, 동쪽) 고등학교 교복은 촌스럽기로 악평이 자자하다. 이 지역 사람들은 다 아는 사실이다.

전국적으로 실시한 설문 조사 결과에 따르면 고등학교에 진학할 때 '학교 교복에 신경 쓴다'고 답변한 여중생은 60~70퍼센트, '교복이 학교를 선택하는 기준이 된다'고 답변한 사람도 절반 이상에 이르렀다. 즉 여중생 둘 중 하나는 교복으로 고등학교를 선택한다는 뜻이다.

하지만 히가시 고등학교는 입시 경쟁률도 높고 나름대로 브랜드 파워를 가지고 있다. 교복의 촌스러움을 충분히 커버할 수 있을 정도로 전통과 매력을 갖춘 곳이기에 자랑스러운 것이다.

테네리타스의 의미가 라틴어로 '부드러움'이라는 게 사실이라면 저 공주님에게는 퇴학 처분을 내려야 할 것이다. 아이러니 여학원을 설립해서 하루빨리 전학 절차를 밟게 해야 한다.

★

학교 안뜰로 들어서자 동화 같은 풍경이 펼쳐졌다. 잎이 넓은 나무들이 학교 건물을 감싸듯 서 있고, 그 아래에는 나무 그늘을 즐길 수 있는 벤치가 몇 개 놓여 있다. 저녁노을을 반사하는 아름다운 분수를 보고 있노라니 이곳이 정말 학교가 맞는지 의심될 지경이었다.

집으로 돌아가는 것처럼 보이는 테네리타스 학생들이 몇 차례 스쳐 지나갔지만 조금 전에 받은 마음의 상처가 발목을 잡고 있어서인지 좀처럼 말을 걸 용기가 나지 않았다. 불안과 초조가 엄습한다. 자신감을 잃어 가던 그때, 테니스 라켓을 짊어진 한 여학생이 불쑥 시야에 들어왔다.

"잠깐만!"

찰나의 순간 눈에 들어온 그 모습에 나는 시선을 빼앗겼다. 원래는 준비한 질문부터 하려고 했으나 이렇게 된 이상 계획 변경이다. 필사적으로 뒤를 쫓아 보지만 목표물은 그대로 테니스 코트 안쪽으로 사라져 버렸다. 나는 무의식중에 테니스 코트 울타리를 꽉 움켜잡았다. 마치 황금처럼 반짝이는 그녀는 이대로 놓쳐서는 안 된다. 그때 뒤에서 나를 부르는 소리가 들렸다.

"거기 당신."

"네?"

"테니스 부에 볼일 있어?"

뒤를 돌아보자 테니스 스커트를 입은 작은 체구의 여자가 서 있었다. 사카키바라 이쿠에(榊原郁惠, 일본의 가수 겸 영화배우―옮긴이)의 젊은 시절 모습을 쏙 빼닮은 얼굴이었다.

"그게……."

"그 교복, 히가시 고등학교야?"

"네."

"그렇군. 정찰하러 왔구나."

"저, 정찰?"

"설마 히가시 고교 학생이 올 줄이야. 우리도 강해졌다는 뜻이 네. 이왕 왔으니 테니스 한번 해 보지 않을래?"

"아뇨, 저는……."

"괜찮아, 괜찮다니까!"

막무가내로 테니스 라켓을 넘겨받은 나는 마지못해 손잡이를 잡았다. 테니스는 체육 수업에서 했던 것이 전부지만 운동 신경에 는 나름 자신이 있다. 문제는 대전 상대였다.

"실력을 가늠하는 차원에서 우선 그 친구와 해 보도록 해."

이쿠에를 닮은 여자는 무려, '황금'을 데리고 왔다.

가까이에서 보는 그녀는 위축될 정도로 아름답고 단정했다. 이 얼굴에 테니스공을 날리는 일은 없어야 한다.

"아즈마입니다. 잘 부탁드려요."

"아즈마, 나는 카토리 란코라고 해. 자, 죽을 각오로 덤벼 봐."

이름마저 아름다운 그녀는 나를 향해 미소 지었다. 그때, 오래 전 외갓집에서 읽은 어떤 만화가 기억 속에 되살아났다.

"……나비 부인?"

구불거리는 웨이브가 들어가 있는 긴 머리칼에 커다란 리본. 만화 속 주인공 같은 완벽한 신체 비율. 그렇다, 카토리라는 남쪽 학교의 미소녀는 만화 『에이스를 노려라!』(고등학교 여자 테니스부를 소재로 한 만화로, 극중 테니스부 에이스이자 부유한 집에서 자라난 고상한 아가씨 캐릭터 '류자키 레이카'의 별명이 '나비 부인'이다-옮긴이)에서 튀어나온 류자키 레이카 그 자체였다.

"게임 세트. 원 바이 카토리."

결과는 카토리의 스트레이트 승리였다. 경기에서는 졌지만 마지막 세트에서는 듀스 상황까지 갔으니 초보치고는 선방한 셈이다. 어쩌면 나에게 테니스 재능이 숨겨져 있을지도 모른다.

"히가시 고교 학생, 이제 돌아가 줘."

"엥?"

이쿠에가 느닷없이 내 팔을 끌어당긴다. 내 의지라고는 조금도 개의치 않는 모습이었다.

"내가 잘못 봤네. 카토리에게 지다니."

"아니, 잠시만……."

"잔챙이한테는 볼일 없어. 잘 가."

카토리와는 한마디도 제대로 나눠 보지 못한 채 테니스 코트 밖으로 쫓겨났다. 카토리가 다 끝날 때까지 기다려 볼까. 하지만 이쿠에와 다시 맞닥뜨리고 싶지는 않았다.

"아즈마!"

그때, 테니스 코트 저편에서 나를 부르는 소리가 들렸다. 신은 내 손을 들어 주었다. 나의 황금이 커다란 리본을 팔랑이며 이쪽 으로 다가온 것이다.

"저쪽에서 얘기 좀 해."

카토리가 내 손목을 잡아끌었다. 길고 하얀 팔에서 느껴지는 체 온에 나도 모르게 긴장하게 된다. 조금 전 이쿠에가 팔을 잡았을 때와는 하늘과 땅 차이였다.

안뜰에 들어선 후 카토리는 손을 놓더니 벤치에 사뿐히 앉았다.

"아즈마에게 고맙다는 말을 하러 왔어."

"고맙다는 말이요?"

"응. 시합 전에 나한테 나비 부인이라고 했잖아."

"네."

"기뻤어. 나, 『에이스를 노려라!』가 너무 좋아서 테니스부에 들 어왔거든."

"저도 좋아해요! 옛날에 외갓집에서 만화를 봐서⋯⋯."

"아즈마는 어떤 동아리에서 활동해?"

"네?"

"분명 테니스부는 아니겠지."

"⋯⋯."

"내가 누군가를 이기는 일은 없거든."

카토리는 슬픈 듯 시선을 떨어뜨렸다. 방금 전까지 활짝 피어 있던 장미 꽃잎이 덧없이 떨어져 간다.

"⋯⋯죄송해요."

"사과하지 않아도 돼. 창피한 이야기지. 제일 잘하게 생겼는데 정작 테니스 실력은 형편없으니까."

의외였다. 그녀를 처음 보았을 때는 이렇게나 완벽하고 빈틈없 는 사람이 있을까 생각했다. 하지만 지금 그녀는 한없이 연약하 고, 여리고, 애처로울 뿐이었다.

"아즈마가 여기에 왜 왔는지는 모르겠지만⋯⋯. 어쨌든 고마워."

"실은 저, 이 학교에서 친구를 사귀고 싶어서 왔어요."

"친구?"

"네. 특이하죠?"

"특이하네."

카토리는 눈을 가늘게 뜨더니 부드러움과 기품이 느껴지는 모 습으로 크게 웃었다.

"그렇지만 특이한 건 나도 마찬가지니까."

그녀는 다시 내 손을 잡더니 따뜻하게 감싸 쥐었다. 스포츠와는 어울리지 않는 가냘프고 고운 손가락. 남자처럼 큼지막한 내 손이 부끄러워졌다.

"나비 부인이라고 불러 준 것에 대한 감사의 표시로, 괜찮다면 내가 친구가 되어 줄게."

한자검정시험 준1급에 합격했을 때보다 더 뿌듯한 기분으로 집으로 돌아와서 철문을 열었다. 귓갓길에 마주친 이웃집 아주머니께 "안녕하세요"라고 인사를 했지만 새삼스럽다는 표정으로 "다녀왔니"라고 답해 줄 뿐이었다. 나는 무얼 기대했던 걸까. 지금까지 당연하게 생활해 왔던 환경도 다른 각도에서 보니 부쩍 궁상스럽게 느껴진다.

거실에 들르지 않고 곧장 다다미 다섯 장 넓이의 방으로 들어가 의자에 앉았다. 그리고 잠시 회상하는 시간을 가졌다. 어떻게든 임무를 달성하기는 했다. 첫 시도치고는 나쁘지 않다.

이노 타다타카(伊能忠敬, 일본 최초로 전국 지도를 제작한 지도학자—옮긴이)도 울고 갈, 손수 만든 지도를 책상 위에 펼친 뒤 아래쪽에 있는 세이난 테네리타스 여학원에 커다랗게 × 표시를 했다. 책상 위에 펼쳐져 있던 진로희망조사 용지에는 딱히 흥미가 생기지 않았다.

그때 스마트폰이 울리기 시작했다. 조금 전 사귄 그 친구였다. 나는 그녀를 '미나미(南, 남쪽)'라는 이름으로 저장했다.

2
서쪽 하늘의 별
: 로봇과 토끼를 좋아하는 소녀

★

　동쪽에서 서쪽으로, 오늘도 낯선 역을 향해 달려간다. 이 역에서 가까운 고등학교는 세 곳이 있는데, 제각각의 특색과 교복 생김새는 어렴풋하게나마 머릿속에 넣어 두었다. 인구가 그다지 많지 않은 우리 지역에서는 각 학교에 대한 대략적인 정보가 널리 퍼지고 공유된다. 예외는 폐쇄적이라 할 수 있는 세이난 테네리타스 여학원 정도였다. 학비는 공립학교의 다섯 배 이상에다가 바이올린, 하프, 클래식 발레 등의 예능을 수업에서 가르친다는 소문이 있었지만 지인 중에는 그 학교에 간 사람이 없었기 때문에 진상을 확인할 길은 없었다. '미나미'를 만나기 전까지는 말이다.

　지금 가려는 학교에도 아는 사람은 없다. 하지만 그곳은 50년의 역사를 가진 전통 있는 학교다. 덕분에 나도 '꽤 확실한 정보'를 얻을 수 있었다.

집으로 향하는 학생들 사이를 거슬러 올라가면서 학교 정문으로 향했다. 지난번과는 다르게 이번에는 지나치는 학생들이 죄다 남자, 남자, 남자다. 교복을 입은 사람은 한 명도 없다. 5년제 학교라 그런지 다들 나보다 더 어른스러워 보였다. 그렇다, 이 앞에 있는 학교는 일반 고등학교가 아니다. 오늘의 타깃은 바로 '니시(西, 서쪽) 테크노공업 고등전문학교'.

네다섯 살 무렵에 딱 한 번, 엄마와 둘이서 '공업제'라 불리는 이 학교의 축제에 와 본 적이 있다. 그로부터 약 10년이 지난 뒤 이곳을 다시 찾았지만 생각보다 그때의 향수는 느껴지지 않았다. 내게 남은 기억은 '왔었다'는 사실과 그때 잠깐 해 보았던 '금붕어 잡기'뿐이었던 것이다. 그럼에도 그 단편의 기억들을 지금, 다시 한번 선명하게 뇌리에 되새겨 본다.

어느 교실 안이었다. 난생 처음 해 보는 금붕어 잡기. 뜰채의 종이가 몇 번이나 찢어졌지만 학교 오빠들은 그때마다 새로운 뜰채로 바꿔 주었다. 덕분에 나는 점찍어 두었던 다홍빛 금붕어를 잡을 수 있었고, 오빠들도 함께 기뻐해 주었다. 건네받은 투명한 비닐 주머니를 들여다보니 내가 잡은 다홍빛 금붕어 외에 또 다른 한 마리가 함께 헤엄치고 있던 것이 기억난다. 근사한 서프라이즈

선물에 너무나도 기쁜 나머지 감사 인사를 하는 것조차 깜빡했을지도 모른다.

우리 집 어항에는 지금도 그때 받은 금붕어가 있다. 선물로 받은 두 마리 중 한 마리가 금붕어계 생존 경쟁에서 살아남은 것이다. 약육강식의 세계를 보란 듯이 제패한 그 녀석도 요즘 들어서는 등이 조금씩 굽기 시작했다. 포커페이스가 특기인 그는 오늘도 혼자서 유유히 어항을 누비고 있을 것이다. 하지만 지금 내게는 금붕어처럼 여유를 부릴 시간이 없다. 자상하고 미소가 인상적이었던 금붕어 잡기의 그 오빠. 오늘도 분명 그런 멋진 남자가 손을 내밀어 줄 것이다.

"누구 만나기로 한 거야?"

"……아뇨."

"흠……. 너, 연락처 좀 가르쳐 줘."

"……."

2초 전의 내 모습을 뼈저리게 반성한다. 이 남자, 가슴팍이 훤히 드러난 브이넥을 학교에 입고 오다니 제정신인가. 검정색 스키니 팬츠도 허벅지를 꽉 죄고 있어서 움직이기 힘들어 보였다. 그렇게 입을 바에야 유니클로의 폴로셔츠에 베이지색 바지를 매치하는 편이 훨씬 나을 것이다. 엄마가 사 온 옷을 그대로 입은 듯한 코디는 좋은 인상을 준다.

"죄송해요. 핸드폰이 없어서."

단칼에 거절하자 그는 도라에몽의 비실이처럼 입을 삐죽거리더니 멀어져 갔다. 나는 손에 쥐고 있던 핸드폰을 조심스레 가방에 넣었다. 그저 그에게 '미안하다'는 감정만 갖고, 죄책감은 묻어두기로 한다.

그보다도 아까부터 신경 쓰이는 것이 있었다. 30미터 정도 앞, 정문으로 들어서면 바로 왼쪽에 보이는 자전거 주차장에서 집요한 시선이 느껴진다. 아니, 느껴지는 정도가 아니라 완전히 이쪽을 보고 있는 누군가가 있다. 초록색 체크무늬 셔츠가 먼 거리에서도 존재감을 드러내고 있었다.

'숨어 있는 건가?'

지금은 동아리 활동이 있을 시간인데도 교문 앞에는 하교하는 학생들이 끊임없이 밀려온다. 일반 고등학교라면 6시에 수업이 끝나지만 고등전문학교는 8시까지 수업이 있을 터였다. 이렇게 학생들이 많은 걸 보면, 지금이 마침 수업이 끝나서 집으로 가는 학생들이 쏟아져 나오는 시간대일지도 모른다. 자전거 주차장에 있는 초록남 또한 동아리 활동을 하지 않는 사람일 것이다.

나는 성큼성큼 걸어서 자전거 주차장으로 향했다. 이를 눈치 챈 초록남은 황급히 시선을 돌리더니 몹시 어색한 움직임으로 자전거 자물쇠를 열기 시작했다. 열쇠를 넣었다 뺐다 의미도 없이 반복 중인 노골적인 행동이 역시나 부자연스럽다. 가까이 다가서자 자전거에 가려져 있던 하반신이 서서히 보였고 마침내 베이지색 바지가 나타났다. 바지를 하이웨스트처럼 올려 입은 탓에 복사뼈 부분의 하얀 양말까지 슬며시 드러나 있다. 멋은 없지만 인상은 나쁘지 않다. 나는 안심하고 말을 걸어 보기로 했다.

"저기요."

"……네."

남자는 자물쇠에서 손을 떼더니 자그마한 목소리로 대답했다.

"한 가지 물어보고 싶은 게 있는데, 괜찮으세요?"

"저, 저한테요?"

"네."

"……."

곱슬머리처럼 보이는 머리카락은 자랄 대로 자라 부스스한 상태였다. 두꺼운 렌즈로 된 안경이 무거워 보였지만 높은 콧대가 안정적으로 받치고 있다. 대답을 재촉하듯 한 발짝 더 다가가자 그의 피부가 놀라울 만큼 깨끗하다는 것을 알 수 있었다. 여드름이나 수염은커녕 모공조차 보이지 않는다. 순간적으로 파운데이션을 발랐나 의심스러울 만큼 하얗고 예쁜 피부였다. 분위기로 미루어 짐작컨대 젠더리스 남자(ジェンダーレス男子, 날씬한 체형에 화장을 하고 꾸미기에 관심이 많은 남자를 뜻하는 일본어-옮긴이)로 보이지는 않았다. 말로만 듣던 타고난 '아기 피부'였다.

"로봇연구회가 활동하는 곳이 어디인지 알고 싶은데 가르쳐 줄 수 있어요?"

"아아……. 네."

우물우물 알아듣기 어려운 말투. 절대 퉁명스러운 것은 아니지만 어째서인지 묘한 동정심이 느껴진다.

"저…… 저기 보이는 학교 건물 옆 도로를 따라 쭉 가다가……
오른쪽으로 조금만 가면 안뜰이 있는데 거기에서…… 앗…… 맞
다…… 음, 아냐…… 역시…… 아…… 안내해 드릴게요."

"안 그래도 되는데. 집에 가려던 거 아니었어요? 괜찮으세요?"

"네……. 말로 설명하는 게 더 어려울 것 같아서요."

"감사합니다. 그럼 부탁드릴게요."

"로봇연구회는 실습실 옆에 있는 조립식 주택에서 활동하니
까……. 이쪽이에요."

얌전하게 그의 뒤를 따라갔다. 키 차이가 얼마 나지 않는다. 정
말이지 믿음직스럽지 못한 뒷모습이었다.

"조금 전까지 자전거 주차장에서 계속 저 보고 있었죠?"

"아…… 저…… 그게…… 교복이."

역시 내가 착각한 것이 아니었다.

"교복? 아, 알았다. 역시 '저 촌스러운 교복은 어느 학교지'라고
생각한 거죠?"

아직 2년 넘게 이 교복을 더 입어야 하는데도, 테네리타스의 그
아가씨가 비아냥거린 이후로 자꾸만 열등감에 사로잡히고 만다.
차라리 사복을 입고 오는 게 좋았으려나.

"아뇨, 저는 그냥…… 여고생 교복이 좋아요."

그는 이렇게 말하면서 검지로 관자놀이를 만지작거리더니 헤
헤거리며 웃기 시작했다.

"……"

자전거 주차장에서 느꼈던 그의 시선은 확실히 놀라울 정도로 숨김이 없었다. 교복을 향한 그의 동경이 눈부신 집합체가 되었고 물리 법칙을 넘어선 광선으로 진화해 나에게 날아와 꽂혔다. 말을 걸기 위해 그의 곁으로 다가갔던 나는 무의식중에 그에게 이끌린 것이다.

그 말에 실망하지는 않았다. 오히려 나는 지금 달관한 상태로, 어린 나이임에도 교복을 좋아한다고 공언하는 그의 떳떳함에 위화감이 들 지경이었다. 성인이 되고 교복을 접할 기회가 없어지면 그제야 교복을 좋아하게 되는 것. 이것이 오타쿠가 탄생하는 과정이라고 생각했다. 그런데 벌써부터 교복에 눈을 뜨다니, 오타쿠 세계 데뷔로는 지나치게 이른 감이 있다. 하지만 이 남자, 아까부터 시선을 아래로 내리깔고 있는 것도 아리송하다. 제일 처음 말을 걸었을 때 이후로는 한 번도 눈이 마주치지 않았다.

"그렇게 좋아한다면 더 보지 그래요? 지금 많이 봐 두지 않으면 나중에 아쉬워할지도 몰라요."

"아뇨, 가까이 있으면 너무 부끄러워서."

그렇게 말하면서 힐끔거리는 눈동자의 움직임을 나는 놓치지 않았다. 각막 레벨로 움직이는 오타쿠는 어찌할 도리가 없으니 일단 화제를 돌린다.

"역시 고등전문학교에는 여자가 별로 없나요?"

"아무래도 그렇죠."

"아까부터 한 명도 안 보이네."

주위를 두리번거릴 때마다 근처에 있는 남학생들과 자꾸만 눈이 마주치는 기분이 들었다. 바로 옆에 있는 학교 건물을 올려다보자 3층 창문에서 어떤 무리가 우리를 향해 손가락질하는 것이 보였다. 이런……. 역시 교복을 입고 오는 게 아니었다. 살짝 고개를 숙이고 걷고 있는데 정면에서 "내일 기대할게"라고 하는 목소리가 들려왔다. 고개를 들지 않아도 초록남이 지인을 만났다는 걸 알 수 있었다. 지나치기 직전에 그 녀석의 얼굴을 보니 기분 나쁜 미소로 남자들끼리 눈짓하고 있는 것이 보였다.

"저 때문에 놀림받게 해서 죄송해요."

"아뇨, 괜찮아요."

슬쩍 표정을 보자 그는 여전히 히죽거리고 있었다. 왠지 안도감이 든다. 이어서 초록남은 작게 중얼거렸다.

"귀중한 경험이에요."

나는 그 말을 듣자마자 무심결에 웃음이 터졌다.

"고등전문학교에서는 역시 여학생이 인기가 많아요?"

"인기 많죠. 남자들끼리만 있다 보면 여자라는 이유만으로도 예뻐 보이거든요. 아, 저기 보이는 게 실습실이에요. 조금만 더 가면 돼요."

나는 남자에게 가 있던 시선을 멀리 있는 실습실로 돌리려 했다. 그러나 내 눈길을 사로잡은 건 실습실이 아닌 바로 왼쪽에 있는, 자연의 영향을 곧이곧대로 다 받고 있는 수영장이었다. 1년 365일 깨끗한 히가시 고등학교의 온수 수영장과는 딴판이었다.

지붕도 없이 울타리로만 둘러싸여 있는 구조인데 시즌 전이어서 그런지 물 색깔이 탁한 갈색이었다. 마찬가지로 지저분한 수영장 한 쪽에는 학생 한 명이 서 있었다. 심지어 여자였다.

저 사람은 설마!

"저기, 잠시만요. 저 여자 분은?!"

"아, 알아요? 작년 NHK 로봇 콘테스트에서 유명해진……."

타이가 쿠루미. 오늘의 사냥감인 백호를 일찌감치, 무사히 발견했다.

"우리의 프린세스예요. 그런데 왜 수영장에 있지?"

"프린세스……."

이는 비단 이 학교에서만의 이야기는 아닐 것이다. 인터넷상에서 불리는 그녀의 별명 또한 프린세스였으니까.

★

타이가 쿠루미의 존재를 알게 된 것은 세이난 테네리타스 여학원을 찾아가기 훨씬 전이었다. '여학교에 오는 남자 교생은 인기가 많다'는 둥 '남학교의 유일한 여교사는 마돈나 대우를 받는다'는 둥 홍일점과 청일점을 둘러싼 로망이야 어제오늘의 이야기가 아니지만, '고등전문학교의 여학생은 인기가 많다'는 소문을 들었을 때는 동성으로서 부럽다는 마음이 먼저 들었다. 그와 동시에 '그렇다면 학교에서 가장 예쁜 학생은 인기가 엄청나지 않을까?'

하는 생각에 고등전문학교의 마돈나가 최강일 것이라는 설을 세웠고, 그렇게 조슈 지역에 있는 유일한 고등전문학교인 '니시 테크노 고등전문학교'에 가겠다는 계획을 제일 먼저 수립한 것이다.

포털사이트 이미지 검색 화면에서 '니시 테크노 고등전문학교'를 찾아보자 생각대로 학교 건물과 교문 사진이 떴다.

"경비는 허술할 것 같군."

분위기를 대충 알 수 있을 것 같아서 안도하던 그때, 스크롤을 내리던 손가락이 갑자기 멈췄다. 한 장의 사진이 눈에 띄었기 때문이다. 황급히 커서를 움직여 이미지를 클릭하자 작업복 차림의 어여쁜 여학생 사진이 화면을 가득 채웠다. 나는 사진 바로 아래에 떠 있는 링크를 한 번 더 클릭하고 나서야 그녀의 정체를 알 수 있었다.

URL은 "고등전문학교 로봇 콘테스트에서 화제가 된 초절정 미소녀 타이가 쿠루미"라는 제목의 웹페이지로 연결되었다. 그 내용인즉슨 작년 NHK에서 방송된 로봇 콘테스트에서 '니시 테크노 고등전문학교'에 있던 여학생의 엄청난 미모가 화제가 되었다는 것이다. 트위터와 유머 게시판에 올라온 여러 개의 댓글을 인용하고 캡처 화면을 넣어서 정리한 사이트가 만들어지는 등 일반인이라고는 생각할 수 없는 어마어마한 인기가 느껴졌다. 제일 아래에는 '쿠루밍은 로봇계의 프린세스다!'라는 강렬한 문구가 기사의 마지막을 장식하고 있었다.

"인터넷으로 살짝 알게 된 정도긴 한데, 역시 유명한가요?"

"TV에 나온 후로 한 달 정도는 인기가 엄청났어요. 학교까지 팬들이 몰려오고."

"팬?"

"네. 방송의 힘은 대단하더라고요. 쿠루미는 여기에서 완전 유명인이 됐어요. 아, 그것도 벌써 반년 전이긴 하네."

"얼마나 유명했던 거예요?"

나는 '니시 테크노 고등전문학교'를 검색해 보기 전까지는 몰랐는데.

"유명하다기보다는, 이 주변 고등학생이라면 다 알고 있을걸요? 시간이 꽤 흘러서 누구나 아는 사실이 되었으니 이제는 새삼스레 호들갑 떠는 사람이 없지만……"

그렇군. 지금은 댄디 사카노(ダンディ坂野, '겟츠!'라는 유행어로 엄청난 인기를 끈 일본의 배우 겸 개그맨-옮긴이)를 입에 올리는 사람이 거의 없지만, '겟츠!'로 한 시절을 풍미했다는 사실은 그 시대를 살아온 사람들의 가슴속에 확실히 새겨져 있다. 그와 같은 원리겠지.

"그러고 보니…… 몇 학년이에요?"

남자의 시선은 계속 아래쪽을 향하고 있었기 때문에 나에게 묻는 말로는 들리지 않았다. 하지만 이 상황에서 나 말고 또 누가 있겠는가.

"저요? 고등학교 1학년이요."

"아, 그렇구나. 작년이면 아직 중학생이었으니 수험 준비하느라 몰랐던 거네."

이 남자, 내가 자기보다 어리다는 것을 알자마자 반말을 한다. 그리고 대화의 주제가 쿠루미가 된 순간부터 말이 많아진 것 같은데 기분 탓일까.

"저…… 대답하기 싫으면 안 해도 돼. 너는…… 왜 우리 학교 로봇연구회에 관심을 가진 거야?"

"사실은 쿠루미 씨를 만나고 싶었어요."

"아, 그랬구나. 최근에 쿠루미의 존재를 알고 팬이 된 거야?"

"뭐, 쉽게 말하자면 그래요."

"반년 전이었다면 문전박대를 당했겠지만 지금은 이야기 정도는 들어 줄지도 몰라."

"네? 그게 무슨……."

말이 채 끝나기도 전에 그가 걷기 시작해서 나도 그 뒤를 쫓았다. 실습실로 갈 필요는 없어졌다. 그는 한 치의 망설임도 없이 수영장으로 이어지는 철조망 문으로 손을 뻗었다.

★

"유령 부원이 웬일로 얼굴을 내미나 했더니 여자애를 데려왔네."

"그렇게 됐어."

헤헤거리며 웃는 그를 째려보고 싶지만 표정을 일그러뜨릴 수는 없다. 여기까지 안내해 준 그도 로봇연구회의 일원이었을 줄이야. 하지만 그보다도 가까이에서 보는 타이가 쿠루미의 실물에 놀라움을 금할 수 없었다. 사진으로 봤을 때보다 더 둥글게 처진 눈매에 밝은 빛깔의 눈동자. 균형 잡힌 이목구비와 얇은 입술이 '귀여움'을 극대화하고 있었다. 나보다 조금 더 긴 일자 앞머리에 단발머리, 심지어 정수리 부근의 머리칼은 토끼 모양 끈으로 묶었다. 작은 체구에 헐렁한 트레이닝복을 입는 것은 몸매가 호리호리한 사람만이 할 수 있는 코디로, 보통 사람이 그랬다면 부어 보였을지도 모른다. 다만 옷이 얇다고는 해도 요즘 같은 날씨에 트레이닝복을 입으면 덥지 않을까 하는 생각은 들었다. 자연스레 손등을 덮은 소매는 자외선 차단용인지 아니면 귀여워 보이려는 계산인지 판단이 잘 서지 않는다. 귀여운 외모와는 대조적인 날카로운 말투에서 이질감이 느껴졌지만, 높고 가냘픈 목소리 때문인지 인상이 사나워 보이지는 않았다.

쿠루미는 그에게 쏘아붙인 후 아무 일도 없었다는 듯 뒤돌아 걷더니 50미터 수영장 가운데쯤으로 가서 가장자리에 걸터앉았다. 이내 물에서 건져 올린 로봇을 다시 수영장에 띄우고는 노트북과 컨트롤러를 만지작거리기 시작한다.

"자, 나는 이제 가야 할 시간이야. 먼저 가 볼게."

"고맙습니다."

지금까지 충분했던 가이드에 감사의 뜻을 전한 후, 그가 연락처를 물어 오자 번호를 알려 주었다. 쿠루미가 있는 곳과는 제법 거리가 떨어져 있으니 이 부자연스러운 대화가 그녀의 귀에 가닿는 일은 없을 것이다.

"잘해 봐."

기다란 눈매 속 눈동자가 두꺼운 렌즈를 넘어 이제야 나를 바라보았다. 그 순간 고요한 세계가 펼쳐졌다. 정신을 차리고 보니 그의 모습은 사라지고 없었다.

"……."

신기한 만남이었다. 교복을 좋아하는 이상한 남자. 설마 마지막에 저런 눈빛을 보여 줄 줄이야.

애써 여기까지 데려와 준 그의 수고가 헛되지 않게 하기 위해서라도 어떻게든 해야 한다. 하지만 타이가 쿠루미의 입장에서는 지금 나 혼자 여기에 있는 상황이 의문스러울 수밖에 없다.

그녀는 오로지 로봇에만 집중하느라 내가 혼자가 됐다는 사실조차 알아채지 못하고 있었다. 나는 조용히 수영장 끝으로 걸음을 옮긴다. 살금살금 천천히 다가서자 인기척을 느낀 쿠루미가 이쪽을 바라보았다. 그리고 다급히 로봇을 건져 올렸다. 나는 그런 그녀를 보면서 더 가까이 다가갔다.

"그, 그 로봇 멋있어요."

"……."

"저는 조슈 히가시 고등학교에서 온 아즈마라고 합니다."

"……."

"지금은 뭐하고 계셨어요? 혹시 괜찮으시다면 잠깐 견학을……."

"자, 잠깐."

그녀는 더 이상 다가오지 말라는 듯 나의 말을 끊었다.

"갑자기 무슨 일이세요?"

그녀는 얼굴 앞에서 손을 내저으며 난처하다는 표정을 지어 보였다.

"저, 이상한 사람은 아니에요. 로봇에 관심이 조금 있어서 여기까지 찾아왔는데, 그렇다고 딱히 로봇을 잘 아는 건 아니고⋯⋯."

"음, 무슨 상황인지 잘 모르겠네요. 미안합니다. 실례할게요."

그녀는 느긋한 말투로 딱 잘라 말하더니 만지작거리던 기계들을 한 번에 안아 들고는 가까이에 있던 카트에 싣기 시작했다. 나는 다급히 그녀를 불러 세워 보았지만 무의미했다. 결국 그녀는 이쪽에 눈길 한번 주지 않은 채 수영장에서 멀어져 갔다.

"실패⋯⋯ 인가."

가방에는 그녀에게 보여주려고 했던 〈초보자용 로봇 조립 키트〉가 고이 담겨 있었다. 아마존 판매가 6만 엔. 이 날을 위해 500엔짜리 동전을 모아 둔 저금통을 털어서 샀지만 물거품이 되어 버렸다. 계획상으로는 '설명서가 상상 이상으로 난해해서 조립을 못했다'고 털어놓고 같이 만들 예정이었다. 그렇게 술술 풀릴 리가 없다는 걸 알고는 있었지만 실낱 같은 기대를 놓지 못하고 있었다. 나는 이상을 그리는 것과 기대하는 것의 차이를 알지 못했다. 이상은 혼자 그리는 것이고 기대는 타인에게 거는 것이다. 이제 기대는 하지 말자.

하늘을 올려다보니 온통 검푸른 빛이었다. 이끼가 낀 수영장 가장자리와 누르튀튀한 물은 지금의 내 모습과 너무나도 잘 어울렸다. 귓속에 이어폰을 아무렇게나 찔러 넣고 납덩이처럼 무거운 다리를 애써 움직인다. 오늘은 더 이상 아무도 만나고 싶지 않았다. 나는 귀로 흘러 들어오는 가사의 의미를 곱씹으면서, 애써 곡의 세계에만 빠져든 상태로 귀갓길에 올랐다.

★

로퍼를 벗어 마루를 밟으니 발의 피로가 바닥으로 스며든다. 집에 들어선 후에는 여느 때와 다름없이 내 방 책상으로 향했다. 그렇게 하면 돌이키고 싶지 않은 하루였다 해도 자연스레 뇌가 반성을 한다.

앞으로 어떻게 해야 하는가. 서쪽에 있는 다른 고등학교로 타깃을 바꾸는 방법도 있다. 하지만 이렇게나 간절하게 친해지고 싶다는 생각이 드는 인물이 또 있을까. 찾아본다 한들 발견할 수 있을 것 같지가 않다.

오늘 도움을 받았던 그 남자에게 상담을 해 볼까. 연락처를 가르쳐 주기만 하고 그의 번호를 받지는 않았지만, 요즘은 한쪽이 번호를 저장하면 상대방에게도 자동으로 자신의 계정을 알려 주는 편리한 애플리케이션이 있다. 그는 '신지'라는 이름으로 이미 내 친구 목록에 추가되어 있었다.

〔오늘 감사했습니다. 그 후에 쿠루미 씨는 바로 가 버렸어요……. 제가 불쾌하게 해서 그래요. 죄송해요.〕

이렇게 암울한 보고를 보면 그도 놀랄 것이다. 답장이 올 때까지 '신지'의 아이콘을 처다보며 시간을 허비한다. 홈 화면은 아름다운 밤하늘이었다. 교복을 입은 2차원 소녀 사진을 예상했는데 보기 좋게 빗나갔다. 메인 화면은 기본 이미지로 되어 있었다. 결국 '신지'라는 이름 외에는 그의 개인정보를 알 수 없었다.

채팅창으로 돌아오니 그는 내가 보낸 메시지를 읽은 상태였다. 이내 새 메시지 알림이 화면 위에 표시되었다.

〔나야말로 고마웠어. 실은 집에 오자마자 쿠루미한테 연락이 왔어. 아까 같이 있던 사람, 정말 어떤 사람이냐고.〕

이게 만약 좋아하는 사람에게서 온 연락이었다면 너무 빠르지도, 너무 늦지도 않게 답장을 보내기 위해 타이밍을 계산했을지도 모른다. 하지만 나는 주저 없이 답장을 보냈다.

〔그랬군요. 괜히 중간에서 난처하게 만들어서 죄송해요.〕

대체 신지는 쿠루미에게 뭐라고 대답했을까. 궁금해서 물어보려고 타이핑을 하는데 그가 연달아 메시지를 보냈다.

〔아즈마의 정체는 내 나름대로 잘 둘러댔어. 쿠루미도 다시 와 줬으면 하더라고. 이번에는 로봇을 제대로 보여 주겠대.〕

내가 고등전문학교를 나선 것은 저녁 6시 반 무렵이었다. 그리고 지금 시각은 8시 47분이다. 고작 두 시간 남짓한 시간 사이에 도대체 무슨 일이 일어난 것인지 급박한 상황 변화에 당혹스러웠다. 풀이 죽었다가 다시 기분 좋아진 감정의 기복이 너무나도 컸던 탓일까. 이 문장을 읽은 직후에는 기쁜 와중에도 왠지 개운치 않은 기분이 들었다.

〔감사합니다. 내일 모레 다시 찾아갈게요.〕

가능한 한 빨리 가는 게 좋지만 내일은 비가 온다고 했다. 그리고 하루 동안은 로봇 콘테스트와 관련된 지식을 더 쌓고 싶었다. 나는 안도감과 함께 식욕이 찾아드는 것을 느끼고 거실로 가서 게살크림 크로켓을 집어 먹었다. 그러자 이번에는 졸음이 쏟아졌다. 딱 한 시간만 자자는 생각으로 소파에 누웠다. 하지만 눈을 떴을 때는 커튼 사이로 푸르른 햇살이 쏟아져 들어오고 있었다.

★

"아, 아즈마 씨."

수영장 끝에서 손을 흔드는 그녀를 향해 나도 손을 흔들었다. 완전히 환영하는 분위기였다. 부드럽게 처진 초승달 같은 눈, 새하얀 이를 드러낸 그녀의 미소를 보자 '샤랄라~' 하는 효과음이 들려오는 듯했다. 오늘도 왼쪽에는 무기물 덩어리가 놓여 있다.

나는 그녀의 손짓에 따라 오른쪽 옆으로 가서 그녀 곁에 앉았다. 지난번과는 180도 달라진 반응에 조금은 멋쩍어하고 있던 차에 쿠루미가 먼저 입을 열었다.

"지난번에는 무례하게 굴어서 죄송했어요."

"아니에요. 제가 갑자기 말을 걸어서."

"아즈마 씨 잘못이 아니에요. 신지한테 얘기 들었어요. 오늘도 한 시간 넘게 전차를 타고 일부러 와 준 거죠? 아즈마 씨가 로봇을 좋아한다는 이야기를 들었을 때는 좀 놀랐지만…… 진심이 느껴지더라고요."

신지는 나를 로봇 마니아로 설정한 모양이다. 그 작전이 먹혀서 내가 지금 이 자리에 있는 것이니 뭐라 탓하지는 않겠지만 미리 '이렇게 말해뒀다'고 귀뜸이라도 해 줬으면 더 좋았을 것이다. 어쨌거나 신지가 넘겨준 바통을 여기에서 떨어뜨릴 수는 없다. 실수하지 않도록 더더욱 신중하게 대화를 이어 나가기로 다짐한다.

"로봇을 좋아하는 여자애가 별로 없어서 언젠가는 쿠루미 씨를 만나고 싶었어요. 쿠루미 씨는 워낙 유명하니까요."

"……."

쿠루미는 희미하게 얼굴을 찌푸렸다. 역시 그녀는 자신의 존재가 알려지는 것을 반기지 않는 듯하다.

"제가 일방적으로 쿠루미 씨를 알고 만나러 와 버려서 죄송해요. 우선 제 소개를 할게요."

나는 쿠루미에게 간단히 자기소개를 했다. 아이돌을 좋아한다는 것, 어렸을 때 클래식 발레를 했지만 지금은 그만뒀다는 것, 얼마 전 노래방에 갔을 때 처음으로 100점을 받았다는 것, 타미야[미니카, 로봇 등 조립식 장난감을 판매하는 회사-옮긴이)에서 산 로봇을 잘 조립하지 못했다는 것……. 이 내용을 전부 다 나의 특기인 영어로 이야기했다. 마지막 에피소드는 어떻게든 '로봇'이라는 단어를 끼워 넣기 위해 지어낸 새빨간 거짓말이었다.

"굉장해! 원어민 같아! 쿠루미가 잘못 들은 걸까? 타미야에서 로봇 샀어?"

"네."

"부럽다~ 쿠루미는 아직 가 본 적 없어!"

그렇게 말하며 다시 한번 '샤랄라' 미소를 짓는 그녀를 보자 이 참에 제대로 로봇 마니아가 돼 보는 것도 나쁘지 않겠다는 생각까지 들었다.

쿠루미의 말씨는 무척이나 상냥했다. 그녀가 신지와 이야기할 때 내뱉던 날카로운 말투는 눈 씻고도 찾아볼 수 없었다. 지금이 평소 모습일지도 모른다. 하지만 그를 차갑게 대하는 이면에는 두터운 애정이 있다는 걸 느낄 수 있었다.

"저기, 전부터 궁금한 게 있었는데 물어봐도 돼요?"

"응."

"왜 수영장에 계세요?"

로봇연구회의 거점은 다른 곳에 있다고 들었고, 로봇으로 유명한 학교이니 부원들도 제법 있을 텐데 왜 그녀는 혼자 여기에 있는지 궁금했다.

"싸웠거든."

"싸워요?"

"응. 얘기하자면 길지만 털어 놓고 싶기도 해."

"얼마든지요. 들려 주세요."

"고마워. 우리 학교, 작년 로봇 콘테스트에서 〈뛰어오르는 토끼 모양 로봇〉이 디자인상을 받았어. 그 길로 심사위원 추천권도 따내서 전국대회에 나갈 수 있었지. 올해도 다들 전국대회에 나갈 거래. 다른 부원들은 다들 디자인상을 목표로 아이디어를 모으고 있는 중인데…… 그게 싫어. 쿠루미는 경기에 나가서 이기는 로봇을 만들고 싶으니까."

"디자인도 좋고 이길 수도 있는 로봇을 만들면 되지 않나요?"

"둘 다 하기는 어려워. 성능을 고집하다 보면 장식적인 요소는 방해가 되거든. 쿠루미도 최근 1년 동안 할 수 있는 프로그래밍 폭이 넓어졌고, 이번엔 C++와 Java를 썼으니 그 가능성도 시험해 보고 싶고……."

"C++를 쓸 수 있다니 대단한걸요? 또래인데 존경스러워요."

"그래? 그런 말 들으니까 기쁘다."

그녀가 언급한 C++와 Java는 오브젝트 지향 언어라 불리는데, 난이도가 매우 높아서 습득하기 어렵다고 한다. 전문 용어에 대응할 수 있을 정도가 되다니 예습한 보람이 느껴진다.

"디자인상을 받는다 해도 전국대회에 출전할 수 있다는 보장은 없어. 추천을 받을 수 있을지도 모르고. 심사위원 마음이거든. 하지만 우승을 하면 확실히 전국대회에 나갈 수 있어. 작년에는 1회

전에서 탈락했지만 올해는 국기관에서 겨뤄 보고 싶어."

그녀는 그렇게 말하며 로봇을 어루만지듯 바라보았다.

"그건?"

"올해 경기용. 메카닉 그룹에서 시험적으로 만들어 준 로봇이야. 아직 실험 단계지만 내 프로그램을 제어할 수 있을지 확인해 보기에는 충분해. 지금은 쿠루미 혼자 독단적으로 행동하고 있지만, 잘되면 다른 부원들도 인정해 주지 않을까 싶어. 한 학교당 두 팀까지 참가할 수 있으니까 두 명만 더 이쪽에 와 준다면 가능해."

사람들은 꿋꿋하게 노력하는 사람을 좋아한다. 하물며 이런 미소녀가 앞만 보고 달려가는 모습을 본다면 응원하지 않을 리가 없다. 지금까지 '고등전문학교의 여학생은 비위를 맞춰 주는 남자들을 깔아뭉개면서 생활할 것'이라는 편견을 가지고 있던 내 자신을 따끔하게 혼내 주고 싶다.

"그런데 올해 주제가 상당히 어려워."

그녀는 더러워진 수영장으로 시선을 떨어뜨렸다.

"올해는 수상 경기야. 첫 시도라고 하는데, 발표된 걸 보고 다들 당황했어. 지금까지는 국기관에 물을 깐다는 발상이 없었으니까 의아할 정도야."

"이렇게 탁한 수영장에서는 힘들겠네요."

"응. 솔직히 말하면 아쉬운 게 한둘이 아니야."

난처해 하는 쿠루미의 표정을 보면서 나는 좋은 아이디어를 떠올렸다.

"우리 학교 수영장을 써도 되는지 알아볼까요?"

쿠루미는 눈과 입을 한껏 벌린 상태로 약 4초간 멈춰 있더니 눈 한번 깜빡이지 않고 크게 끄덕였다. 이로써 나는 쿠루미를 한 번 더 만날 수 있게 되었다.

"다녀왔습니다."

"또 늦었네. 어디 갔다 온 거야?"

"늦게까지 남아서 공부했어. 오, 오늘 양배추 롤이네."

가장 좋아하는 요리를 먹으며 혼자 축하 파티를 하고 있는데 핸드폰 화면에 불이 들어왔다.

〔오늘은 어땠어?〕

신지였다.

〔쿠루미랑 차분하게 이야기 많이 했어요.〕

〔성공했구나! 잘됐다!〕

짤막한 문장이었지만 느낌표에서 신지의 기뻐하는 표정을 떠올릴 수 있었다.

"유우, 밥을 먹든지 핸드폰을 보든지 하나만 해."

"오케이. 잘 먹었습니다."

나는 소파에서 뒹굴뒹굴하면서 신지에게 보낼 답장의 내용을 생각했다.

'왜 이렇게까지 친절하게 대해 주세요?'

너무 무거운 질문일까. 결국 나는 아무것도 보내지 않고 화면을 껐다.

　목욕을 마치고 나오자 쿠루미에게 메시지가 와 있었다. 기본으로 설치된 기호가 아닌, 깜찍한 이모티콘이며 토끼와 하트가 줄지어 있는 이모티콘을 마침표 대신 쓰는 걸 보아하니 역시 이 사람은 자신의 강점을 잘 알고 있다. 메시지 내용은 학교 수영장을 언제부터 쓸 수 있는지 알게 되면 바로 연락 달라는 것이었다. 나는 〔물론이지!〕라고 답장한 후, 수영부한테서 수영장을 탈취할 계획을 세우기 시작했다. 까맣게 잊고 있었던 숙제는 내일 아침에 하면 된다.

3
동쪽 하늘의 별
: 빛나는 별이 되고 싶은 소녀

★

타이가 쿠루미와 친해질 생각이었던 것이 최종적으로는 니시 테크노 고등전문학교를 준우승시키기에 이르렀다. 생각지도 못하게 카토리의 집에 수영장이 있었다는 결론인데, 카토리와 쿠루미를 이어 준 것은 나였다.

"같이 싸워 준 B팀 멤버들, 그리고 두 달간 제멋대로 행동한 저를 받아들여 준 여러분, 정말 감사합니다. 좋은 결과를 낼 수 있었던 건 많은 분이 도와주신 덕분입니다. 내년에는 우승을 목표로 열심히 할게요."

이것은 얼마 전 고등전문학교 로봇 콘테스트가 끝난 후, 쿠루미가 울먹거리면서 로봇연구회 부원들에게 했던 말이다. 나와 카토리는 조금 떨어진 곳에서 그 모습을 보고 있었다. 수상 전부터 눈물을 머금고 있던 카토리 공주님은 그 말에 고삐가 풀린 것처럼 울기 시작하더니 새하얀 레이스 손수건으로 연신 눈물을 훔쳤다. 카토리에게는 모든 동작이 마치 무대 위의 여주인공처럼 극적으로 보인다는 단점이 있었다.

올해의 테마가 예년과는 달랐던 탓인지 유력한 우승 후보로 꼽힌 학교들이 하나둘씩 쓰러졌다. 대회가 끝난 후 언론 인터뷰에서 쿠루미는 '연습 장소였던 수영장 환경이 가장 큰 승리 요인'이라고 말했는데 그 말은 우리를 배려해서 한 말이 아니라 진심이었을 것이다. 니시 테크노 고등전문학교가 결승까지 진출할 수 있었던 것은 수영장을 제공한 사람의 후원이 있었기에 가능한 일이었다.

로봇 콘테스트는 쿠루미에게는 사명이었지만 내게는 그저 수단에 불과했다. 로봇 콘테스트는 접착제였다. 시간과 노력이 다소 걸리긴 했지만 그 덕분에 동, 서, 남, 세 사람은 순간접착제로 붙인 것처럼 결속력이 단단해졌다. 자, 이제 남은 것은 '북'이다.

★

"어제 방송 봤단다. 로봇 콘테스트가 아니라 거의 쿠루미 방송이던걸?"

"……."

"표정이 왜 그래? 무슨 일 있니?"

"학교에서 피곤했거든."

쿠루미의 말을 듣고 '그랬겠지'라고 생각했다. 아사이베리 스무디를 마시며 말없이 쳐다보는데 카토리가 나를 보며 물었다.

"아즈마도 방송 봤지?"

"당연하지. 그때 생각나더라."

전국대회가 끝난 지 한 달이 지났다. 그리고 드디어 어제, 그 모습이 전국적으로 방송되었다. 준우승이라는 결과가 있었던 만큼 쿠루미가 나올 것이라 확신했지만 이렇게까지 집중적으로 스포트라이트를 받을 줄은 몰랐다.

"쿠루미는 커뮤니케이션이 서투니까, 자꾸 말을 걸면 힘들어."

"그만큼 많은 사람이 봤다는 뜻이야. 평소 TV를 잘 안 보는 나도 봤는걸."

곧장 자신을 기준으로 삼는 카토리의 화법에도 어느덧 익숙해졌다. 로봇 콘테스트가 끝난 후에도 나는 남쪽과 서쪽을 소집했다. 일주일에 한 번, 카토리네 수영장에서 쇼핑몰 안에 있는 푸드코트로 장소만 변경했다.

"다음 주에 NHK에서 취재하러 온대."

"어머, 대단하다! 꼭 녹화하겠어."

……취재?

"쿠루미, 우리도 같이 나가면 안 돼?"

"무슨 소리하는 거야, 아즈마. 우리는 아무 관계도 없잖아."

"그 왜, 친구 찬스 같은 걸로!"

"그런 거 무리야. 쿠루미, 그렇지?"

"어려울 것 같은데."

쿠루미는 눈을 가늘게 뜨더니 오리처럼 입을 쭉 내밀었다. 아무래도 로봇연구회 전체를 대상으로 한 밀착 취재인 모양이다. 원래라면 우승 학교만 취재를 한다. 이것은 분명히 쿠루미 효과였다.

"아!"

"왜 그래, 아즈마?"

불현듯 시계를 보니 어느새 저녁 6시를 넘은 시각이었다. 약속 시간까지 30분밖에 남지 않았다.

"미안해. 나 먼저 가 볼게."

"어머, 무슨 일 있니?"

"집을 봐야 해서."

아직 반 정도 남아 있는 아사이베리 스무디를 왼손에 들고 오른손으로 구글 지도 애플리케이션을 열었다. 조금 더 그럴싸하게 둘러댈걸, 반성하면서 다음 장소로 향했다.

〈찻집 BON〉

도착한 곳의 문에 작은 간판이 내걸려 있다. 여기가 맞는 것 같다. 하나밖에 없는 창문은 레이스 커튼으로 가려져 있어서 내부를 확인할 수가 없었다. 처음 와 보는 사람은 선뜻 들어설 용기가 나지 않는 가게다.

"어서 오세요."

천천히 문을 열자 백발의 사장님이 맞아 주었다.

"안녕하세요."

제일 구석에 있는 테이블에서 그를 발견했다. 건방지게도 아이스커피를 마시면서 기다리고 있었다.

"오래 기다렸지?"

"아냐, 아냐."

신지는 어색하게 웃었다. 물을 가지고 온 사장님에게 오렌지주스를 주문한 후 그의 맞은편에 앉았다.

"분위기 좋네."

"다행이다. 내 단골집이야."

가게 안에는 우리 외에 다른 손님은 없었다. 직접 갈아서 만들지는 않는 모양인지 오렌지색 유리잔이 금방 나왔다.

"조금 전까지 쿠루미랑 같이 있었어."

"여기에 온다는 것도 알아?"

"그 얘기는 안 했지."

"그렇군."

로봇 콘테스트 당일, 쿠루미를 응원하러 갔다가 신지의 모습을 보았다. 목에 전문가용 카메라를 걸고 있는 그의 모습을 보자 말을 걸지 않을 수가 없었다.

'……저 기억하세요?'

"그나저나 국기관에서는 깜짝 놀랐어. 설마 아즈마를 또 만날 수 있으리라고는 생각 못 했거든."

"신지도 유령 부원치고는 바빠 보이더라."

"올해는 특히나 더 그랬지. 아, 부탁한 카메라 가지고 왔어."

묵직한 일안 리플렉스 카메라를 받아 들자마자 바로 찍은 사진들을 확인했다. ……너무나도 완벽한 사진이다. 렌즈가 크고 무거운 만큼의 값을 하나 보다. 사진 매수도 수백 장이 넘는 데다 클로즈업으로 찍은 사진도 있었다. 이 정도면 충분하다.

"그런데 아즈마, 그때 왜 나한테 쿠루미 사진을 많이 찍어 달라고 했어?"

"이 사진 전부 나한테 줘."

"그건 왜?"

"이유는 묻지 말고!"

신지는 고민했다. 그도 당연하다. 내가 아무런 설명도 하지 않았으니까.

"이유를 말해 주지 않으면 나도 줄 수 없어."

"……."

비웃지 않을까. 바보 취급하지는 않을까. 이참에 아예 조력자가 되어 달라고 할까. 일단 무슨 말이든 해야 하지만 나는 거짓말에 서툴렀다.

"혹시 아즈마 너 여자를 좋아하는 거야?"

"뭐?"

"아니, 난 그것도 괜찮다고 생각해. 왜, 쿠루미도 귀엽잖아."

"아니야! 그게 아니라……. 그게…… 웃으면 안 된다?"

"안 웃어. 약속할게."

"실은…… 조슈의 동서남북에서 한 명씩 모아서 아이돌 그룹을 만들고 싶어서."

일생일대의 계획을 털어놓았는데 신지는 눈썹을 팔자 모양으로 찌푸린 채 웃고 있는 것 같기도, 당혹스러워하는 것 같기도 한 표정을 지었다.

"용기 내서 말했는데 표정이 그게 뭐야."

"아니, 왠지 묘하게 이해가 돼서."

"거짓말. 안 놀랐어?"

"응. 그도 그럴 게 너 처음 봤을 때도 좀 특이해 보였거든."

안경잡이 교복 애호가에게 듣고 싶은 말은 아니었지만 일단 꾹 참기로 한다.

"그래서, 쿠루미가 서쪽 대표라는 거야?"

"응. 솔직히 말하면 쿠루미 인기에 숟가락 얹고 싶어서 그래. 그러니까 이 사진들 갖고 싶어."

"준다 치자. 그 다음엔 어쩌려고?"

"인터넷에 뿌리는 거지."

쿠루미는 이미 근방에서는 잘 알려져 있지만 더 유명해질 필요가 있다. 머리도 좋지, 로봇도 만들 줄 알지, 그녀의 매력은 그뿐만이 아니었다. 그 '샤랄라' 하고 효과음이 들리는 듯한 미소, 꽉 안 아주고 싶은 아련한 표정. 쿠루미는 주변 공기를 바꾸는 힘을 가지고 있었다. 그 재능은 아이돌과도 직결된다는 생각이 든다.

"기적이 일어난다면 한 장의 사진으로도 아이돌이 될 수 있을지 몰라."

신지는 잠자코 끄덕였다.

"어제 로봇 콘테스트 방송만 봐도 완전히 주인공이었어. 쿠루미는 대단해. 다른 학교에서도 온통 그 이야기뿐이었고. 하지만 쿠루미의 가장 빛나는 순간이 어제가 되지는 않았으면 좋겠어. 방송에 나왔을 때만 관심을 받는 게 아니라, 로봇 콘테스트는 어디까지나 쿠루미를 알게 되는 계기 중 하나였으면 좋겠어. 참고 자료가 많으면 쿠루미가 얼마나 귀여운지 알게 될 거야. 그러니까 이 사진을 보고 더 많은 사람들이 관심을······."

퍼뜩 정신을 차렸을 때는 이미 늦어 버렸다. 그를 아랑곳하지 않고 혼자서만 너무 떠들어대고 있었다.

"미안."

나는 평정심을 되찾기 위해 오렌지주스를 단숨에 들이키고는 숨을 골랐다.

"되게 재미있는 사람이구나."

"썩 기분 좋은 말은 아니네."

"쿠루미에 대한 생각은 알겠어. 그런데 굳이 동서남북에서 모으는 이유가 뭐야?"

"나, 예쁜 사람을 볼 때마다 생각해. 아이돌이 되면 좋을 텐데,

하고. 하지만 그럴 계기가 없을 거야. 그래서 내가 그 계기를 만들어 주고 싶어. 쿠루미도, 남쪽에서 찾은 카토리라는 친구도, 엄청나게 예쁘지만 본인이 아이돌을 하고 싶다는 생각이 없으면 될 수가 없잖아? 그게 너무 아까워. 마음 같아서는 모든 학교를 다 돌고 싶지만 나도 학교생활을 해야 하니까 시간이 한정적이야. 그러니일단 네 군데를 엄선해서……. 듣고 있어?"

신지는 테이블에 놓여 있던 스마트폰을 만지작거리기 시작했다. 한동안은 자상하게 들어 줬지만 속으로는 일찌감치 지겨워하고 있었을지도 모른다.

"이거 봐 봐."

그가 갑자기 스마트폰 화면을 보여 주었다.

"이 사진은 뭐야?"

"테카포 호수에 갔을 때 찍은 사진."

"우와, 설마 직접 찍은 거야?"

"응. 중학생 때."

그것은 그림을 그려 놓은 듯한 환상적인 광경이었다. 아주 당연히 인터넷에서 찾은 사진일 거라 생각했던 나는, 테카포 호수가 어디에 있는지 따위는 궁금하지도 않았다. 석조 건물로 된 교회를 무수한 별들이 에워싸고 있다. 이런 경치가 실제로 존재하는 것인가. 존재한다 한들 이렇게나 근사하게 사진에 담아낼 수가 있단말인가.

"원래 별을 좋아했어. 하지만 카메라로 별을 찍는 게 어렵더라고. 연습하다 보니까 어느새 푹 빠져 버렸어."

"너무 예쁘다."

"앞으로 또 사진 찍을 일 있으면 나한테 얘기해."

신지의 이런 눈빛을 보는 것은 두 번째였다. 다시 한번 고요한
세계가 펼쳐진다……. 정신이 들고 보니 신지는 커피를 다 마신
후였다.

"아즈마, 주문 더 해도 돼?"

"그럼 나도 더 마실래."

"좋아."

신지가 원시적인 초인종을 눌러서 딸랑, 소리를 내자 안쪽에 있
는 주방에서 사장님이 고개를 내밀었다.

"커피랑 오렌지주스 한 잔씩 더 주세요."

"알겠습니다."

사장님은 메모를 하지도 않고 곧장 주방으로 들어갔다.

"이렇게 늦게까지 있어도 괜찮아?"

"괜찮아. 이 가게 마음에 드니까. 대신 집에 가면 바로 쿠루미
사진 보내 줘."

"알았어. 자, 마저 이야기 해 봐."

학교 신발장에 들어 있는 제 실내화를 보고 집으로 그냥 돌아간 적이
있어요. 압정이 들어 있었다거나 낙서가 돼 있던 건 아니에요. 그런데도 도
저히 갈아 신을 수가 없었어요.

그날을 계기로 저는 한동안 학교에 가지 않게 되었어요. 공부가 싫어서 그런 건 아니었기 때문에 바바하우스의 존재를 알게 됐을 때는 무척 기뻤죠. '바바'라는 이름의 푸근한 아주머니는 제 모든 것을 감싸 안아 주셨어요. 그게 초등학교 5학년 때의 일이에요.

그로부터 2년 동안 바바하우스에서 열심히 공부했어요. 학교 아이들과 같은 중학교에 가고 싶지는 않았기 때문에 조슈에 있는 중고등 교육 과정 통합 학교의 입학시험을 봤죠. 초등학교 출석 일수가 발목을 잡지 않을까 걱정했지만 무사히 합격할 수 있어서 다행이었어요. 새로운 시작, 저의 새 출발. 이제 바바하우스와는 안녕이었죠. 그리고 콤플렉스였던 외모를 이때 바꾸기로 했어요. 부모님도 허락하셨거든요. 제 얼굴은 정말 끔찍했어요. '평범한 학교에서는 마음까지 봐 주지 않으니까 강해져야 해'라고 엄마는 말씀하셨죠. 저는 더 이상 예전의 제가 아니었으니 자신 있게 고개를 끄덕였어요.

하지만 반년이 지났을 무렵 저는 다시 바바하우스에 다니게 되었어요. 결국에는 마음의 학교가 필요하더라고요. 부모님께 짐이 되지 않도록 낮에는 학교에 가고, 방과 후에는 바바하우스로 달려가는 생활을 하게 되었어요. 학교에 갈 때는 마음을 갖고 가지 말자, 그렇게 하니 예전처럼 상처받지는 않게 되었어요.

바바하우스의 공용 공간에는 커다란 책꽂이가 몇 개 있고, 거기에는 천 권 이상의 책이 꽂혀 있어요. 저는 여기에서 그 누구의 방해도 없이 책을 읽는 게 좋아요. 오늘도 책 한 권을 손에 들고 마음을 해방시켰죠.

고약한 이웃 주민, 폭력적인 아빠, 약에 절어 사는 친구……. 이런 등장

인물들에 둘러싸인 생활에 비하면 제가 사는 세계는 그래도 괜찮아요. 옆집에 사는 노부부는 친절하게 대해 주시고, 엄마도 아빠도 저를 항상 걱정해 주세요. 친구는…… 처음부터 없었고요.

마지막 페이지를 읽고 나면 시계 바늘은 저녁 9시를 가리키죠.

"밤늦게까지 죄송해요."

"괜찮아. 여기에는 얼마든지 있어도 돼."

바바 아주머니는 통통한 볼로 부드럽게 웃었어요. 이렇게 자상한 분이 가까이에 있다는 것만으로도 충분해요.

"집에는 어떻게 가니?"

"데리러 와 주실 거예요."

"그래, 잘됐구나. 조심해서 가."

안전벨트를 매자 볼품없는 자동차가 천천히 달리기 시작했어요.

"미카."

"응."

"뭐든 적당한 게 좋아. 이대로라면 영원히 바바하우스에 다니게 될지도 모른다고."

"응."

"앞으로의 일이라든지, 진지하게 생각하고 있니?"

"응."

"이대로도 상관없어? 매일 즐거워?"

"응."

……즐거울 리가 없죠. 앞이 보이지 않는 컴컴한 터널을 끝없이 걷고 있는 인생. 미움받는 재능을 가지고 태어난 저는 아무리 애써도 끝끝내 미움받고 마는 운명인 거예요.

"미카, 아빠는…… 정말 걱정돼. 할 수 있는 일이면 해 줄 테니까…… 무슨 말이든 해 봐. 뭐가 하고 싶다, 뭐가 되고 싶다, 그런 말들 있잖아……."

"타이가 쿠루미."

"응?"

"타이가 쿠루미가 되고 싶어."

조슈 사람이라면 다들 그녀를 알고 있어요. 예쁘고 머리도 좋은 인기 스타. 줄곧 생각했어요. 그녀를 따라하면 나도 그녀와 가까워질지도 모른다고, 화려한 인생을 살 수 있을지도 모른다고 말이죠.

저는 타이가 쿠루미를 만나고 싶어요.

★

"해피 뉴이어!"

처음 보자마자 한 말이지만 오늘은 새해 첫날로부터 벌써 7일이나 지난 후였다. 연말연시에는 세 명 모두 가족과 시간을 보냈다. 해가 밝은 뒤 처음 만나는 장소는 그 푸드 코트가 될 것이라 생각했지만 카토리가 노트북을 사러 전자제품 매장에 가고 싶다고 졸라댔다. 평소에도 마음 편히 돈을 쓰는 카토리 공주님인데 세뱃돈으로 수십만 엔이라는 거금을 받았다고 한다. 조슈 지방에서는 북쪽으로 갈수록 번화가가 나오기 때문에 대형 가전 매장에 가려면 북쪽으로 갈 수밖에 없었다.

"역에서 가까운 곳으로 가면 되지?"

"아즈마는 정말 야무지단 말이야. 듬직해."

누군가에게 곧잘 의지하는 카토리의 습관은 해가 바뀌어도 여전하지만 이렇게 칭찬을 들으니 나도 기분이 나쁘지는 않다.

"신제품 파격 세일"이라는 문구를 내건 가전 매장에 들어서자마자 4층 노트북 매장으로 향했다. 전면 거울이 붙어 있는 에스컬레이터에서는 제각각의 성격이 보여서 재미있다. 멋에는 관심이 없어 보이는 쿠루미도, 언제나 당당한 카토리도, 양옆의 거울을 힐끔거리며 자신의 매무새를 확인하는 모습을 나는 놓치지 않았다. 이곳은 대부분의 인간들이 남몰래 간직한 나르시시즘을 해방시키는 몇 안 되는 장소인 것 같다. 나는 소수파가 되겠노라 맹세하며 꿋꿋하게 정면만 바라보았다.

"이거 하나 주시겠어요?"

갖가지 기능을 갖춘 노트북의 가격은 15만 엔 정도였다. 과연 카토리가 이 노트북을 잘 다룰 수 있을까. 쿠루미의 영향으로 노트북이 갖고 싶어졌을 거라는 것쯤이야 불 보듯 뻔하지만, 산다한들 제대로 활용하지 못할 거라는 것도 쉽게 예상할 수 있다. 카토리는 커다란 종이 가방을 끌어안은 채 무척이나 만족스럽다는 듯 미소 지었다. 돈이 있으니 택배로 받아도 될 텐데 "이 무게를 느끼면서 가지고 가야 가치가 있는 거야"라며 서민은 헤아릴 수가 없는 지론을 펼쳤다.

"저기, 쿠루미도 가고 싶은 곳이 있어."

"그래, 가자. 어딘데?"

"서점. 친구 생일 선물을 사려고."

"아하, 이 근처에 큰 서점이 있었던 것 같아."

"아즈마가 있으면 길을 헤맬 일이 없네."

선두에 서는 것은 언제나 나다. 어리광쟁이인 아기 호랑이('타이가'의 발음이 영어 'tiger'와 비슷한 점을 이용한 언어유희-옮긴이)는 내 뒤에서 쫄랑쫄랑 따라온다.

"잠깐만, 조금 더 천천히 걸을 수는 없는 거니?"

"미나미 씨, 짐이 무거우면 오늘은 집으로 가셔도 됩니다."

"매정하기는. 나도 같이 갈 거야."

구시렁거리던 카토리까지 다함께 서점에 도착하자 쿠루미는 잔달음질하며 매장 안쪽으로 가 버렸다. 입구 가까이에 있는 신간 코너에서 어슬렁거려 보았지만 무라카미 하루키 외에는 아는 작가가 없다. 그마저도 작품을 읽은 게 아니라 이름을 들은 적이 있는 정도였다. 내가 얼마나 독서와 동떨어진 사람인지 새삼스레 느끼게 된다. 이케가미 아키라(池上彰, 일본의 유명 언론인-옮긴이)와 아베 신조(安倍晋三, 일본의 제90·96·97·98대 총리-옮긴이)가 표지를 장식한 정치 서적 앞에는 수트를 입은 중년 남성들이 어깨를 맞대고 서서 책을 읽고 있었다. 나는 마케팅과 원예 코너를 지나친 후 자기 계발서 코너에 멈춰 섰다.

『성공하는 사람이 되기 위한 9가지 방법』

흔해 빠진 타이틀이라고 생각했지만 이 책의 판매 부수가 30만 부를 넘어섰다고 한다. 일단 집어 들었지만 몇 장 넘기다 말고 책을 덮어 진열대 위에 내려 놓았다. 책을 펼쳤을 때 눈에 들어온 '계획성을 가지는 습관을 버립시다'라는 말에 도저히 공감할 수 없었기 때문이다. 애당초 계획성 없이 살아온 사람이 책을 낼 수가 있나, 하는 의문이 소용돌이친다.

"아즈마, 아즈마."

쿠루미가 종이봉투를 끌어안은 채로 내 어깨에 바짝 붙었다. 무사히 선물을 고른 듯 하건만 왠지 이상하다.

"왜 그래?"

"저기 저 애 좀 봐. 무지하게 예뻐."

쿠루미는 다른 사람의 외모를 칭찬하는 성격이 아니다. 동물과 2차원 미소녀 캐릭터에게는 가끔 그런 적이 있지만 밖에서 이런 말을 하는 것은 처음이었다.

"……그러네."

우리 위치에서는 옆모습밖에 보이지 않았다. 하지만 큼지막한 눈망울과 오똑한 콧날, 그러면서도 특별히 두드러지는 곳이 없어 모든 사람이 좋아할 만한 얼굴이라는 느낌이 들었다. 게다가 화장 때문인지 유달리 윤기 나는 긴 머리칼 때문인지 남쪽, 서쪽 두 사람에게는 없는 성숙미가 뿜어져 나왔다.

"예쁘긴 한데 남자 밝힐 것 같아."

쿠루미의 작은 키에 맞춰서 몸을 굽혀 귓속말을 한다. 약지에 커플링을 끼고 있지 않을까 탐색하는 마음으로 손을 살펴보던 그 때, 그녀가 읽고 있는 책 제목이 눈에 들어왔다.

……의외였다. 인기가 많고 연애를 즐길 것 같은 그녀가 『사랑에 살지 않는 젊은이들』이라는 제목의 책을 읽고 있을 줄이야. 조금 전까지의 생각이 단숨에 뒤집힌다.

둘이서 그야말로 '뚫어져라' 처다보는데, 머잖아 책을 읽고 있던 소녀가 우리의 시선을 알아챘다. 황급히 다른 쪽으로 시선을 돌렸지만 그 순간 눈이 마주치고 말았다. 이상한 사람이라고 생각했을지도 모른다. 책꽂이에서 적당한 책을 한 권 꺼내들고 읽는 척 하면서 그녀의 안색을 살피기 위해 힐끗거렸다. 그때 그녀의 입이 움직였다.

"아즈마?"

커다란 눈동자가 나를 처다보고 있었다.

"아즈마 맞구나."

"저, 그게……."

"나 기억해? 카메이 미카야. 초등학교 때 같은 반이었는데."

"카메이……."

……익숙한 이름이다. 하지만 내 기억 속에 있는 카메이 미카와 눈앞에 있는 그녀는 전혀 다른 사람이었다.

4
북쪽 하늘의 별

: 따뜻함을 나누는 소녀

★

염기성 아미노산인 오르니틴 섭취를 생각해 바지락 된장국을 먹으면서, 시선은 TV 화면에 고정한 채로 오늘의 별자리 운세를 체크했다. 여느 때와 다름없는 아침이 시작된다. 곧 있으면 출발할 시간이다. 딸기 꼭지를 잡아뗀 후 두 개를 입안 가득 밀어 넣었다. 등굣길에 생겨난 얼음 웅덩이를 발로 깨뜨리며 학교로 향한다. 배와 등에 붙인 핫팩은 학교에 도착할 때쯤이면 항상 식어 있다.

난방 중인 교실에 발을 들여놓자 미적지근한 분위기에 어렴풋이 이상한 기분이 들었다. 하지만 모르는 척 시치미를 떼면서 뒤쪽에 놓인 내 책상으로 갔다. 가까이 있던 친구에게 작게 인사한 후 자리에 앉아서 가방 안의 물건들을 서랍으로 옮겨 넣던 그때였다. 교탁 부근에서 떠드는 이야기가 귀에 들어왔다. 정보통인 앗코의 주도하에 오늘도 토크쇼가 개최되고 있었다.

"그래서, 아까 했던 그 얘기 말이야! 어쩐지 매일 집에 빨리 간다 싶더니 다른 학교 애들이랑 어울리느라 그랬나 봐."

"뭐, 동아리 활동도 안 하니까. 근데 이유가 뭐래? 네가 봤어?"

"아니. 어제 니시 테크노에 다니는 남자애가 말해 줬어. 중학교 동창인 친구가."

"니시 테크노라면 타이가 쿠루미네 학교 아니야?"

"맞아, 맞아. 걔랑 아즈마가 친하대."

"진짜?"

"그리고 있지, 한 명 더 화려한……."

딩동댕동.

수업 종소리에 대화가 끊긴 앗코 무리는 각자의 자리로 흩어졌다. 집 근처 공원에서 수다 떨기를 삶의 낙으로 삼으며 "나 좀 봐, 벌써 시간이 이렇게 됐네, 저녁 차려야지"라고 말하는 20년 후 저네들의 모습을 상상해 버렸다.

내 소문이 돌고 있다는 걸 눈치 채지 못할 만큼 둔하지는 않다. 맞장구를 담당하는 아이가 일일이 내 얼굴을 쳐다보는 게 꽤나 성가셨다. 일부러 들으라고 하는 소리인지, 자기들 딴에는 작게 이야기하는 게 여기까지 들리는 건지는 알 수 없지만 어찌됐든 앗코가 오늘 중으로 모든 여자아이들에게 소문을 퍼뜨릴 거라는 사실만은 확실하다. 각오는 되어 있지만 악의적으로 퍼뜨리는 것만큼은 질색이다. 입학한 지 9개월이 지났지만 지금까지는 적어도 미움 사는 일이 없도록 처신해 왔다. 스피치 콘테스트에 나가는 것도 참았고, 농구부 주장이 고백했을 때도 정중히 거절했다.

그저 옷차림에만 신경 쓰면서 무뚝뚝해 보이지 않는 선에서 응수한다. 이런 식으로 다른 사람들의 시선을 의식하며 조용조용 생활해 왔다. 그 덕분인지 입학한 이후로 지금까지 물건이 사라지거나 책상에 상스러운 말이 적히는 등 괴롭힘을 당한 적은 한 번도 없다. 고등학교에서의 인간관계는 나름대로 양호했다.

점심시간에 옆 반에 가 보기로 마음먹었다. 익숙하지 않은 교실에 들어가기란 생각보다 쉽지 않다. 심지어 찾는 사람의 자리는 하필 창가 쪽이다. 미츠는 숙제를 하는 중인지 노트에 무언가를 적고 있었다. 만약 내 계획을 방해받았다면 참을 수 없었겠지만, 때마침 그녀 혼자 있으니 잘되었다.

등 뒤로 가서 어깨를 쿡쿡 찌르자 펜을 들고 있던 손이 멈췄다. 그녀는 뒤를 돌아보더니 씨익 웃으며 몸을 돌렸다.

"오, 아즈마! 어쩐 일이야?"

"갑자기 미안해. 미츠한테 물어보고 싶은 게 있어서."

"엇, 나한테? 웬일이래."

말투는 거칠지만 속마음은 비교적 따뜻하다는 것을 잘 알고 있다. 미츠와는 어린이집에 다닐 때부터 알고 지내던 사이로, 중학교 동창이기도 하다. 같이 놀 정도로 깊은 관계는 아니었지만 그

것은 단순히 환경이 다르기 때문이다. 그녀는 옛날부터 남자아이들과 함께 축구나 야구를 즐겼다. 구릿빛 피부에 쇼트커트. 고등학생이 된 후에도 그 외모는 달라지지 않았다. 요새는 소프트볼 동아리 멤버들과 함께 다니는 모습이 자주 보인다.

"여전히 예쁜 흑발 머리네. 계속 하는 거야?"

"당연하지."

"역시 아즈마는 확고해. 굳이 검정으로 염색하다니 정말 특이하다니깐."

"원래 머리카락이 갈색인 걸 어떡해."

내 머리카락은 옛날부터 색소가 부족했고, 나는 그것이 콤플렉스였다. 내가 동경하는 아이돌은 항상 예쁜 검은 머리칼을 유지하고 있다. 뒤통수에서 얼굴 쪽으로 올수록 길어지는 이 단발머리도 그녀의 영향을 받은 것이다.

"그래서 용건은?"

"카메이 미카라는 아이, 혹시 기억해? 초등학교 때 같은 학년이었는데."

"아, 기억나. 같은 반 된 적도 몇 번 있어."

"조용하고 소박한 느낌이었지?"

"응. 수수한 캐릭터. 그런데 썩 호감 가는 인상은 아니었어. 그러고 보니까 우리 학년 중에는 걔 혼자 중학교 입시 준비했었지."

"그랬구나."

"아, 아즈마는 모르겠네……."

미츠는 짧은 머리를 박박 긁더니 능숙하게 한쪽 눈썹을 올려 보였다. 중학교 입시…… 나는 그때 조슈에 없었다.

"그런데 카메이 미카는 왜?"

"갑자기 생각나서. 괜히 궁금해지더라고."

"그게 뭐야."

미츠는 입을 활짝 벌리며 웃었다. 화장도 안 하고 컬러 렌즈도 끼지 않은 그녀는 겉과 속 모두 꾸미지 않는 것이 매력이었다. 그을린 피부에 하얀 치아가 반짝이며 청량감을 뿜어낸다. 옛날부터 사마즈(일본의 개그 콤비-옮긴이)의 미무라를 닮았다고 생각했지만 그녀에게는 비밀이다.

"지금은 뭐하고 있었어? 숙제?"

"응. 이거 오늘 중으로 제출해야 추가 시험 면제해 준대. 동아리 가기 전에 다 해야 돼. 지겨워 죽겠어."

운동부의 학교생활은 바쁘다. 수업 중에는 수면을 보충하고 아침 시간과 방과 후 연습에 온 힘을 쏟는 유도부, 코치에게 혼나지 않도록 수업 태도, 성적, 모든 면에서 좋은 평가를 받아야 하는 야구부. 대학교에 스포츠 전형으로 입학할 수 있을 만큼의 실력을 기를 수 있는 환경이라면 몰라도, 우리 학교에는 눈부신 성적을 낼 정도로 강한 운동부가 없다. 그런데 어째서 이렇게나 열심일 수 있는 걸까. 대학생이 되고, 졸업 후 사회생활을 하면서도 이 스포츠를 계속하는 사람이 얼마나 될까. 나는 좀처럼 이해하기 힘들었다.

"그렇구나. 방해해서 미안해. 고마워. 열심히 해."

"응, 아즈마도. 다음에 영어 가르쳐 줘."

★

방과 후가 되자 앗코 무리 중 하나가 구태여 "아즈마, 오늘은 어디 가?"라고 물어 왔다. 비가 오니까 그냥 집으로 갈 거라고 솔직히 말할 만큼 의리 있는 사이는 아니니 '할머니 병문안'이라는 함부로 꼬투리 잡기 어려운 대답을 한다. 사실 우리 할머니는 활력이 넘치는 분이다. 지금쯤이면 저녁에 재방송하는 드라마를 보고 계실 것이다.

집에 도착하자마자 방에 틀어박혀서 카메이 미카에 대해 생각해 보았다. 지난번 서점에서 보았던 그녀의 모습은 아무리 생각해 보아도 옛날과 다르다. 하지만 본인이 아닌 다른 사람이 미카인 척을 하는 것처럼 보이지도 않았다. 그러나 성장하면서 예뻐지는 것에도 한계가 있는 법이다.

아이쁘띠, 메자이크, 아이테이프라 불리는 인위적으로 쌍꺼풀을 만드는 화장품이 있다. 아이쁘띠는 눈꺼풀과 눈꺼풀을 붙이는 풀이다. 메자이크, 아이테이프는 점착성이 있는 실처럼 생긴 것으로 눈꺼풀을 눌러서 쌍꺼풀을 만들 수 있는 도구다. 티가 많이 나는 아이쁘띠에 비해 메자이크와 아이테이프는 당기는 느낌이 없어서 자연스럽지만, 둘 다 물과 땀에 약하다는 단점이 있었다. 수영 수업이 끝나고 달라진 모습이 된 동급생을 발견한 게 한두 번이 아니었다.

한편 쌍꺼풀 수술을 하는 사람들이 해마다 늘고 있다고 한다. 특히 매몰법은 가격이 합리적이고 흉터가 적다는 점에서 인기가 있고, 또 다른 방식인 절개법에 비해 실패할 위험이 적다. 메스를 쓰지 않는 '쁘띠 성형'이라 칭하며 다가가기 쉬운 이미지를 구축하고 있다. 하지만 성형은 어디까지나 의사가 집도하는 수술이고 흉터가 없을 수도 없다. 3개월이면 쌍꺼풀 라인이 자리 잡지만 수술 후 한두 달은 다소 부자연스러운 상태로 지내야 한다. 특히 눈을 아래로 내리깔 때 자세히 보면 알 수 있는데, 새끼손톱으로 꾹 누른 것처럼 움푹 파인 흔적이 있으면 손을 댔다는 증거다.

이렇게까지 자세히 설명하고는 있지만 나는 원래 쌍꺼풀이 있는 눈을 가지고 태어났다. 그저 성형외과의 홈페이지와 블로그, 인스타그램을 뻔질나게 보고 있을 뿐이다. 이렇게 잡다한 지식을 구구절절 늘어놓으면서 하고 싶은 말이 무엇인가 하면…… 미카의 얼굴은 완전히 만들어졌다는 것이다.

미츠에게 물어보러 간 것은 어디까지나 '확인'하기 위해서였고, 사실은 그녀를 정면에서 보았을 때 인위적으로 손을 댔다는 걸 바로 감지했다. 코는 실리콘 보형물, 아마도 L형을 넣을 것이며 쌍꺼풀은 매몰법으로 수술한 것이다. 앞트임도 한 상태였다.

외모가 변했다는 사실을 받아들인 후 카메이 미카에 대해 생각한다. 그녀와의 추억을 떠올리기 위해 기억을 더듬어 보았다. 초등학교 1, 2, 3학년 중 한 번은 같은 반이었던 게 확실하다. 하지만 정확히 언제였는지는 기억나지 않는다. 옆자리에 앉은 적은 있었던가, 그녀에게 별명은 있었나……. 이리저리 생각해 보지만 미카와의 기억은커녕 초등학교 때 있었던 일조차도 떠올리기 쉽지 않았다. 매년 갔었을 소풍도 어디로 갔는지 모르겠고, 운동회는 홍팀 백팀 중 어느 쪽이었는지, 이겼는지 졌는지, 전혀 생각나지 않는다. 저학년 때는 아직 자아도 제대로 형성되지 않았을 때라 그저 학교라는 조직에 소속되어 있었을 뿐인 것이다. 어쩌면 숙제가 귀찮다거나 주번을 맡기가 불안하다는 등 초등학생 나름의 고민은 있었을지도 모른다. 그렇게 생각하자 고등학생인 지금의 내 고민도 10년 후에는 싱거운 기억이 될 것만 같아 왠지 서글퍼졌다.

"다음에 밥 먹으러 가자."

이 대사는 누구나 빈번하게 사용하는 인사말이다. 서점에서 미카는 나에게 그렇게 말하면서 메신저 아이디를 물었다. 딱히 거절할 이유는 없었기 때문에 가르쳐 줬지만 지금까지 한 번도 연락이 오지 않았다.

고민은 그녀가 기타(北. 북쪽) 고등학교라는 점이었다. 그도 그럴 것이 애당초 계획에 따르면 북쪽의 유력 후보는 '조슈 기타 고등학교' 학생이다. 바로 카메이 미카가 다니는 학교다. 하지만 이렇게 쉽게 미카를 북쪽 대표로 간주해 버려도 괜찮은 것일까.

솔직히 말하면 쿠루미의 로봇 콘테스트에 시간을 많이 쓰면서

'동서남' 삼위일체의 형태가 굳어져 버렸다. 여기에 또 한 명을 추가하기는 어려운 상황이었다.

책상에 엎드려서 이리저리 머리를 짜내던 그때 핸드폰 진동이 울렸다. 미카의 연락이라면 타이밍이 지나치게 좋은데.

〔오늘 미카랑 같이 카페 갔다 왔어. 역에서 딱 마주쳐서.〕

쿠루미가 보낸 메시지였다. 미카가…… 쿠루미랑?

〔내일 팬케이크 먹으러 가기로 했는데, 아즈마도 같이 가지 않을래?〕

"와, 아즈마도 로봇에 관심 있었대요?"

"응. 주변에 비슷한 취미가 있는 친구가 없다면서 일부러 우리 학교까지 왔다고 하더라고. 거기에서 로봇 콘테스트 연습도 도와줬고. 그러면서 친해졌어."

"……부럽다."

"특이하게 만났지. 처음 봤는데 자기소개 한다면서 영어로 유창하게 말하고 말이야."

"아즈마, 캐나다에서 살았거든요."

"맞아! 가끔 캐나다에 있었을 때 이야기도 해. 정원사가 실력이 좋아서 길이 예뻤다고도 했고, 햄버거가 맛있었다고도 했고."

"잘 아네요."

"벌써 반년 넘게 같이 다녔으니까. 미카는 초등학교 동창이라고 했나?"

"네. 저학년 때라서 아즈마는 기억 못 할지도 몰라요……."

"분명 기억하고 있을걸? 아즈마는 쿠루미가 아무렇지 않게 한 말도 깜짝 놀랄 정도로 잘 기억하거든. 아, 벌써 전차 시간이네. 미카는 어느 방향이야?"

"상행이에요."

"쿠루미랑은 반대네. 조심해서 가. 말 걸어줘서 고마웠어."

"저, 저기. 내일은 시간 어때요?"

"내일?"

"네. 얼마 전에 맛있는 팬케이크 가게가 생겼거든요. 괜찮다면 같이 가고 싶어서요."

"쿠루미 팬케이크 무지 좋아해!"

"진짜 맛있대요. 아, 맞다. 괜찮으면 아즈마도 불러요."

★

도쿄와는 달리 사람들이 장사진을 치는 일은 없었다. 기타역에서 도보 15분 정도 거리에 있는 이 가게는 어쩌면 전국 체인점일지도 모르지만 엄청나게 맛있었다. 크림이 산처럼 듬뿍 올라가 있는 것도, 리코타 치즈가 곁들여진 것도 아니었지만 버터와 메이플 시럽의 향이 심플하게 입안에 퍼진다. 그럼에도 이렇게까지 한산한 것은 입지 탓으로, 이 가게가 하라주쿠에 매장을 연다면 족히 세 시간은 기다려야 하는 이름난 가게가 될 것이 분명하다.

"아즈마, 단 거 좋아하지?"

쿠루미는 웃는 얼굴로 말하며 토핑된 딸기를 입에 물었다.

"쿠루미도 좋아하잖아."

몇 주 만에 입안으로 들어온 이 녀석은 역시나 맛이 좋다. 아침부터 달달한 것을 먹지 않은 보람이 있었다. 한입 베어 물자 그토록 원했던 당분이 서서히 온몸으로 퍼져 나가면서 몸이 따뜻해진다. 그 감각은 눈 내리는 날 노천탕에 몸을 담그고 있을 때 느껴지는 것과 비슷했다. 셋이서만 왔다는 걸 카토리가 알게 된다면 화를 낼 것 같긴 하지만 나중에 쿠루미와 말을 맞추면 된다.

"쿠루미 씨도 아즈마도, 갑자기 불러내서 죄송해요. 실은 이유가 있어서……."

팬케이크를 먹자고 한 게 미카였구나. 철썩 같이 쿠루미였을 것이라 생각한 나의 관점을 수정한다.

"상담이라 해야 할지, 부탁이라 해야 할지……."

말을 듣기도 전에 꺼림칙한 예감이 들었다. 안 지 오래된 사이라고는 하지만 사안에 따라서는 확실히 거절해야 한다. 돈이나 종교 이야기를 한다면 바로 관계를 끊어 버릴 것이다.

"두 사람은 봉사 활동에는 관심 없어요?"

"응? 봉사 활동?"

"중학생 공부를 지도해 줬으면 해서. 아즈마는 그, 영어만이라도 좋으니까."

"……."

충분히 가능한 일이지만 'CAN'이라는 대답이 바로 나오지 않왔다. 애초에 히가시 고등학교보다 편차치가 15 정도는 높은 학교에 다니는 미카의 학력 수준이라면 중학교 영어 정도는 쉽게 가르칠 수 있을 터였다.

"공부를 도와주는 게 봉사 활동의 일환이라는 뜻이야?"

"응. 사정이 있어서 학교에 못 가거나, 경제적으로 어렵거나 가정 환경이 받쳐 주지 않아서 학원에 못 다니는 아이들에게 학교 과목을 가르쳐 주는 단체가 있어."

"신기하네."

"합숙이나 캠프 같은 이벤트도 있어서 재미있고, 무엇보다 아이들이 귀여워. 그래 봐야 나이 차이가 많이 나는 건 아니지만."

갑자기 활기차게 말하기 시작한 그녀를 보자 묘한 감정에 휩싸였다. 눈앞의 그녀와, 봉사 활동을 한다는 사실이 뭔지 모를 화학 변화를 일으키고 있었다. 쉬는 날에는 남자들과 함께 노래방이나 볼링장에 갈 법한, 눈에 띄게 화려한 외모를 가진 여고생이 선행에 시간을 보내고 있다. 현실 생활을 즐길 것 같은 여자는 애니메이션 등 비현실적인 이상형을 추구하는 사람들에게는 거부감을 사기 일쑤다. 하지만 거기에 약간의 의외성이 가미되면 열광적인 팬이 생겨날 수도 있다. 휴일에 봉사 활동을 하는 화려한 외모의 캐릭터는 연애시뮬레이션 게임에는 나오지 않을 것 같지만, 혹시라도 그런 캐릭터가 있다면 유저들은 "나한테도 봉사해 줘!"라고 말하며 이뤄질 수 없는 소원을 외칠지도 모른다.

마지막 한 사람에 걸맞은 인물이 눈앞에 있다. 복쪽의 미소녀는 제 발로 나에게 다가왔다.

"잘할 수 있을지는 모르겠지만 해 볼게."

"정말? 고마워."

미카가 나의 손을 힘껏 끌어당겼다. 이 봉사 활동을 이용하면 북쪽 멤버와의 거리도 자연스레 줄어들 것으로 보인다.

"쿠루미는 영어 잘 못하니까, 아즈마 화이팅!"

★

"누나, 다 했어. 봐 줘."

"어디 보자. 아, 아깝네. 철자 틀렸어. 영어로 쓰고 싶은 건 알겠는데."

내가 틀린 부분을 지적하자 눈앞의 꼬마는 바로 지우개를 잡았다. 그가 고쳐 쓰는 중인 welukamu(환영한다는 의미의 'Welcome'을 일본어로 표기할 때 'ウエルカム'라 쓰고 '웨루카무'라고 읽는다-옮긴이)라는 글자를 보니 내 의식이 과거로 거슬러 올라간다.

일본과 시차가 열일곱 시간 정도 떨어져 있는 먼 땅에는 빅토리아라는 캐나다의 주도(州都)가 있다. 초등학교 4학년 때부터 중학교 2학년 중반까지 약 5년 동안 우리 가족은 그곳에서 세월을 보냈다.

아름다운 곳이었다. 엄마가 아빠 혼자 발령 가는 걸 반대한 이유는 당신도 가고 싶었기 때문이었다는 것을, 이제 와 생각해 보면 짐작할 수 있다. 시가지 곳곳에 놓인 우아하고 고상한 꽃들은 모두 정원사의 솜씨였고 도로에는 자동차와 마차가 나란히 달리고 있었다. 영국식 건축물들은 하나같이 웅장해서 밤에는 무도회가 열릴 것만 같은 세련미가 느껴졌다. 오리엔탈랜드(도쿄디즈니랜드를 운영하는 기업의 이름-옮긴이)가 조성한 테마파크 같은 거리는 현실에도 분명히 존재한다……. 초등학교 4학년이었던 나는 그렇게 캐나다에 감동했다.

안쪽에 있는 항구를 둘러싼 다운타운은 활기가 넘치면서도 평온함이 공존해서 품격이 느껴졌다. 여기는 빅토리아에서 제일 아름다운 곳이었던 것이다. 바다를 따라 난 산책길에는 가게가 여럿 들어서 있었다. 그중에서 가장 존재감을 드러낸 곳은 레몬과 똑같은 모양으로 만들어진 주스 스탠드였다. 어찌나 사실적인지 상공을 날아다니는 비행기의 파일럿이 콘크리트 위에 특대형 레몬이 놓여 있다고 착각할 것 같은 정도였다. 가게 앞에는 그 깜찍한 외관에 이끌렸을 손님들이 길게 줄을 서 있었다. 어린 나도 엄마의 소매를 잡아당기면서 가고 싶다고 졸랐는데 엄마는 흔쾌히 허락해 주었다. 이날은 우리가 처음으로 빅토리아를 찾은 특별한 날이었던 것이다. 우리는 대기 행렬에 합세해서 기다림의 시간을 기대감으로 채웠다. 드디어 내 앞의 손님이 주문을 시작한 그때였다. 엄마가 장난기 가득한 미소를 띠며 내 귀에 대고 고문과도 같은 말을 불어넣었다.

"직접 주문해 봐."

나는 있는 힘껏 고개를 가로저었지만 바뀌는 건 없었다.

"'주세요'를 뭐라고 하는지 정도는 알고 있잖아. 할 수 있다니까."

엄마는 내가 뒤로 물러날 수 없도록 등을 세게 밀었다. 나이 든 백발의 점원은 자그마한 나를 보고 시선을 맞추기 위해 카운터에서 몸을 앞으로 내밀었다.

"레모네도(일본어로 '레몬에이드'를 'レモネード'라 쓰고 '레모네도'라고 읽는다-옮긴이), 프리즈."

"Sorry."

귀가 어두운 노인에게는 들리지 않은 모양이다. 엄마에게 도움을 요청하려고 몸을 돌렸지만 우리 뒤로 끝없이 이어져 있는 긴 줄이 눈에 들어왔다. 나는 시간을 허비해서는 안 된다는 생각으로 주먹을 꼭 움켜쥐었다.

"레- 모- 네- 도, 프리즈."

이번에는 잘 들리도록 목소리를 높였다. 그리고 지금은 돌아가신 증조할아버지와 이야기할 때처럼 한 글자 한 글자 또박또박, 천천히 말했다.

"Sorry."

점원은 노골적으로 인상을 찡그렸다. 매정하게 손을 내젓는 제스처만으로도 '비켜라'라고 하는 것을 알 수 있었다. 나와 엄마는 그 자리에서 망자가 되어 줄에서 빠져나가도록 떠밀렸고, 점원은 우리 다음 차례였던 손님에게 주문을 받기 시작했다.

진짜 영어와 일본식 영어의 차이를 알지 못했던 나는 이때 말로 다할 수 없는 정신적 충격을 받았다. 요즘 사람들이 흔히 하는 말로 '멘탈이 붕괴된' 상태였다. 내 손을 끌며 미안해하는 엄마의 목소리가 저 멀리서 메아리치는 듯했다. 가까이에 있던 벤치에 앉자마자 나는 눈물을 터뜨리고 말았다.

엄청난 굴욕이다. 외래어를 가타카나로 표기하는 것은 상관없지만, 그때 실제와 유사한 발음을 같이 알려 주었다면 좋았을 것이다. 어린 내가 모욕을 당한 것은 그 때문이다. 그 경험은 트라우마가 되었고 그 후로도 영어 단어를 보면 곧잘 씁쓸해지곤 한다. 바나나는 버내너, 워터는 워러, 초콜릿은 처컬릿, 이렇게 그대로 읽기만 하면 실제 발음이 되도록 표기해 줬다면 그런 일을 겪지 않아도 됐을 텐데. 지금 내 눈앞에서 인중에 연필을 끼워 넣고 있는 이 꼬마는 나와 같은 일을 겪지 않도록 적절한 시기에 가르쳐야 한다.

"이제 집에 갈 시간이야."

문이 열리더니 이 집의 주인인 바바 아주머니가 방으로 들어왔다. 꼬마는 잽싸게 교재를 덮고 샤프펜슬을 필통 안에 던져 넣는다.

"아, 피곤해."

중학교 1학년인 남자아이는 그렇게 외치며 기지개를 켰다. 하지만 피곤할 정도로 뇌를 쓰지는 않았을 것이다. 왜냐하면 오늘 사용한 교재는 초등학교 수준의 난이도이기 때문이다.

"고생했어. 열심히 했구나."

바바 아주머니는 꼬마의 머리를 가볍게 쓰다듬었다. 봉사 활동 단체의 수장은 상상대로 당근과 채찍 중 당근만 가지고 있었다.

바바 아주머니가 건물 바깥까지 꼬마를 배웅하러 간 동안 나는 이 낯선 방에 홀로 방치되었다. 누레진 난방기는 27도에 맞춰져 있어서 교복 안에 히트텍을 껴입은 나에게는 약간 더웠다. 창문도 없는 두어 평 정도의 밀실에는 이산화탄소가 가득하다. 여기에서 심호흡이라도 했다가는 폐를 해치게 될 것 같다. 괜히 내 정면에 놓인 공기청정기를 노려본다. 아무리 꽃가루와 미세먼지를 해결해 준다 해도 겨울철 특유의 텁텁한 실내 공기를 바꿔 주기란 불가능하다.

바바 아주머니는 5분도 채 지나지 않아 돌아왔다. 두 손을 마주 비비며 들어온 그녀의 모습을 보니 밖은 제법 추운 듯하다.

"오래 기다렸지?"

"아뇨, 전혀요."

"차 내올 테니까 이쪽에서 기다리렴."

마침내 엉성한 공부방을 벗어나 넓은 거실로 나갔다. 여기는 공동 공간으로 사용되는 곳인가 보다. 열 명 이상은 너끈히 앉을 수 있을 법한 L자형 소파가 떡하니 놓여 있었다.

책상과 의자가 줄지어 있을 뿐인 조금 전 밀실과는 달리, 이곳은 인테리어에 공들였다는 느낌이 물씬 났다. 방 한쪽에는 관엽 식물이 놓여 있고 은은한 아로마 향기도 난다. 그리고 근사한 선반 네 개가 벽을 장식하고 있다.

"여기에서라면 책을 읽을 수 있을 것 같아……."

바바 아주머니는 티 포트를 얹은 쟁반을 들고 내 맞은편에 앉았다.

"아즈마도 책을 좋아하니?"

아무래도 혼잣말이 들린 모양이다.

"아, 아뇨……. 부끄럽지만 별로 읽은 적이 없어요."

"그래? 좋아하는 줄 알았어."

향기 좋은 다즐링이 컵을 채운다.

"미카의 소개로 왔다고 했지? 와 줘서 고마워."

"아니에요. 정말 재미있었어요."

"다행이네. 홍차 편하게 마시렴."

"잘 마시겠습니다."

코로 흘러드는 고급스러운 찻잎의 향기에 또 다시 빅토리아가 떠올랐다. 원래 영국 영토였던 빅토리아에는 오후에 차를 마시는 문화가 뿌리 깊이 남아 있었다.

"저, 바바 아주머니는…… 특수학교 교원이셨다고 들었어요."

"맞아. 그만둔 지 꽤 됐지만 옛날에 잠깐은 그랬지."

"지금은 왜 이런 활동을 하고 계시는 거예요?"

"……."

"아, 죄송해요. 말씀하시기 힘들다면……."

"……호호. 하하하하."

바바 아주머니가 느닷없이 크림빵 같은 손으로 입을 가리고 웃기 시작했다.

"왜 웃으세요? 제가 뭔가 이상한 말이라도 했나요?"

"아니, 그렇지 않아. 미안해. 그냥……."

혼자 웃고 혼자 침착해지더니 바바 아주머니는 흐트러진 자세를 고쳐 앉았다.

"아즈마는 어른스럽다는 생각이 들어서. 취조하는 것 같은 말투가 재미있었어."

고개를 갸웃거리는 나를 향해 바바 아주머니는 "생각했던 대로 멋진 아이구나"라고 중얼거리듯 말한다. 나를 다른 누군가와 착각하고 계시는 것이 아닌지 모르겠다.

"저…… 실례지만 아까 그 아이 말이에요, 학교 수업은 잘 따라가고 있나요?"

"그 아이는 계속 특수학급에 있었어."

"장애가 있는 것처럼 보이지는 않던데요."

"윌리엄 증후군은 대화를 능숙하게 하거든. 그 아이는 경미한 정도라서 겉모습도 일반인과 다를 바가 없지. 어머니는 특수학교가 아닌 공립 중학교에 보내기로 결정하셨고, 고등학교 입시도 준비하고 싶다고 말씀하신단다. 지금은 최대한 여기에서 도와주고 있어."

"……조금 더 친절하게 가르쳐 줄걸 그랬어요."

"평범하게 대하는 게 더 좋을 때도 있어. 그 증거로 아까 그 아이, 무척 즐거웠다고 하던데? 조금 전에 배웅 갔을 때 말이야."

"정말이에요?"

돌이켜 생각해 보아도 특별히 즐거울 만한 무언가를 해 주지는 않았다. 정말 그 꼬마가 한 말이 맞는지, 아니면 바바 아주머니가 나를 기쁘게 해 주려고 지어낸 거짓말인지……. 의심은 그만두기로 마음먹었다. 무심결에 웃어 버린 나를 보더니 바바 아주머니도 같은 표정을 짓는다.

"저, 화장실 좀 써도 될까요?"

"물론이지. 문 열면 왼쪽에 있을 거야."

홍차의 이뇨 작용 때문에 무르익은 대화를 잘라 버리게 됐지만 이것만큼은 어찌할 도리가 없다.

화장실에 들어가려다 문에 붙어 있는 게시물에 시선이 꽂혔다. 우선 일을 본 후에 손을 씻고 나와서 다시 문 앞에 선다. 모두에게 배부되는 소식지인 걸까? 제목은 '여름 캠프 합숙'. 큼지막한 사진 아래에는 활동 기록이 적혀 있었다.

강가에서 스무 명 정도가 함께 찍은 사진 속에는 카메이 미카의 모습도 보였다. 멀리서 찍은 사진인데도 그녀가 빼어나게 예쁘다는 걸 바로 알 수 있었다. 하지만 사진으로 보아도 높은 코만큼은 역시나 부자연스러웠다. 나는 오른쪽 아래에 적혀 있는 웹페이지 주소를 확인한 후 바바 아주머니가 계신 곳으로 돌아갔다.

"다녀왔어?"

"저, 화장실 문 앞에 붙어 있는……."

"아! 궁금하니? 그래, 아즈마도 꼭 와. 시간이 된다면 말이야!"

말이 채 끝나기도 전에 권유하는 바바 아주머니의 박력은 느껴졌지만, 귀중한 휴일을 바치기 위해선 용기가 필요하다.

"마침 다음 달에 봄철 등산이 있어."

"저, 혹시 참가할 때 친구 데려와도 될까요?"

"친구?"

"혼자서는 불안해서요."

"음……. 그래, 괜찮아. 자세한 사항은 차차 말해 줄게. 오늘은 너무 늦어 버렸네. 마중나올 사람은 있니?"

"아, 전차로 갈 거라서 괜찮아요."

"조심해서 가렴. 아까 밖에 나가 보니 비가 내리더구나."

우산이 없었던 나는 바바하우스에 있던 비닐우산을 빌렸다.

"다음에 꼭 돌려 드릴게요."

"괜찮아. 많이 있으니까. 앞으로 잘 부탁해, 아즈마. 미카도 잘 부탁하고."

5
같은 꿈을 꾸는 별
: 휠체어를 탄 소녀

★

　수면 부족인지 5교시는 내리 자 버렸다. 가뜩이나 졸린 오후 수업인데 음악 선생님은 한 편의 영화를 준비해 왔다. 명작 「라라랜드」. 외국 영화의 사운드가 기분 좋게 꿈나라로 유도해 준 덕분에 램 수면을 맛보았고, 그 덕에 머리가 맑아졌다. 물론 내용은 알 수 없었지만 깨어 있던 친구에게 물어봐도 모른다고 했기 때문에 죄책감은 없다. 6교시 영어 수업에서는 기말시험 결과를 나눠 주었다. 점수를 보고 안심한다. 한 문제도 틀리지 않았으니 중학생에게 영어를 가르쳐도 부끄럽지 않겠지.

　오늘은 신지를 만나기로 했다. 요전에 갔던 찻집으로 갔지만 그의 모습은 아직 보이지 않았다. 나는 안쪽 테이블 자리에 앉아 '애

아뽀 주스'를 주문한다. 신지가 올 때까지는 핸드폰이 날 상대해 주었다. 바바하우스에서 보았던 포스터에 적힌 URL을 입력하자 〈니코키즈〉라는 이름의 블로그가 화면에 뜬다.

〈니코키즈〉는 바바 아주머니가 운영하는 봉사 활동 단체의 이름이다. 어젯밤에도 사이트에 접속해 보았지만 과거의 기사들을 끝까지 스크롤해 보기 전에 잠이 들어 버렸다.

내용은 바바하우스의 화장실에 붙어 있던 것과 같았다. 최신 기사는 지난달에 있었던 메밀국수 만들기 체험 활동 기록이었고, 사회인 봉사자 여성과 다운증후군 남자아이가 함께 메밀가루를 반죽하고 있는 사진이 올라와 있었다. 행사 마지막에는 항상 〈니코키즈〉의 단체 사진을 찍는다. 물론 사진 속에는 카메이 미카의 모습도 있었다.

딸그랑.

찻집 문에 달려 있는 종이 소리를 낸다.

"오래 기다렸지?"

"응. 기다렸어."

"미안, 미안. 아, 따뜻한 커피 한 잔이요."

신지는 카운터에 서 있는 사장님에게 주문을 한 후 내 맞은편에 앉았다.

"있잖아, 영국에서 커피를 주문하려면 뭐라고 해야 할까?"

"뜬금없네. 뭐 그냥 '커휘 플리즈'라고 하면 되겠지."

"'코히(ㄱㅡㄴㅡㄴㅡ 커피의 일본식 표기-옮긴이)'라고는 안 할 거지?"

"그야 가타카나식 영어로 말해도 안 통할 테니까."

"그러면 일본에서도 코히가 아니라 커휘라고 부르면 될 텐데, 하는 생각이 들지 않아? 그러면 그대로 발음해도 통하잖아."

"뭐야, 그게."

신지는 못 말린다는 표정으로 외투를 벗었다. 베이지색 체스터코트는 의자 등받이에 걸면 바닥에 닿을 것이다. 그는 기장이 긴 코트를 걸지 않고 깔끔하게 개더니 비어 있는 옆자리 의자에 두었다. '똑똑한 남자'를 어필하는 신지가 약간 재수 없게 느껴진다.

"가타카나도 일본어야. 사과랑 애플, 둘 다 일본어라고 딱 잘라 말할 수 있지. 영어권에 가면 애아쁘-라고 영어로 말하면 돼."

"……재미없어."

"그런 생각이 든다 해도 이제 와서 단어를 바꾸기에는 무리가 있어."

자신과는 상관없는 얘기라는 얼굴로 팔짱을 끼고 있는 그의 앞에 커피가 나왔다. 신지는 "그럼 커휘, 잘 먹겠습니다"라고 말하며 내 얼굴을 향해 건배했다. 그는 한입 마시더니 깔보는 듯한 미소를 지어 보였다. 그러고는 새끼손가락을 세워서 컵을 들며 나를 약 올린다. "커휘는 역시 맛이 좋아, 커휘-"라고 떠들기 시작하는 통에 나는 가운데손가락을 들어 소리 없이 욕을 했다. 역시 우리는 죽을 때까지 일본식 영어에 얽매일 수밖에 없는 것인가.

"그러고 보니까 쿠루미 사진, 어느 정도는 퍼뜨리긴 했지만 한

계가 있더라."

"언제 적 얘기를 하고 있는 거야. 나는 벌써 다른 쪽으로 움직이기 시작했어."

"너무하네. 전에는 내가 공모자라고 하더니."

신지는 유치하게 입을 비죽거렸다. 귀여움이라고는 눈 씻고도 찾아볼 수 없는 남자가 저런 행동을 하면 점수가 깎인다.

"서점에서 초등학교 동창을 만났는데, 그 애 소개로 봉사 활동을 시작했어."

"봉사 활동?"

"역시 놀랄 만하지?"

나는 〈니코키즈〉 블로그를 그에게 보여 주었다.

"이게 그 봉사 활동 단체야. 여기 이 사람이 내 동창."

미카 사진을 확대해서 손가락으로 가리키자 신지는 대놓고 히죽거리기 시작했다. 미카의 얼굴은 역시 누가 보아도 아름다운 듯하다.

"이 아이를 마지막 멤버로 정했어."

"그럼 동서남북이 모였다는 뜻?"

"응. 지금은 이 〈니코키즈〉 블로그에 우리 사진이 올라오게 하려고 계획 중이야."

"그럼 나는 그 사진을 찍으면 되는 거야?"

"아니. 〈니코키즈〉에도 사진가가 있는 것 같더라고. 퍼뜨리는 것만 도와주면 돼."

"뭐야. 내가 더 예쁘게 찍어 줄 자신 있는데."

"이번에는 예쁘게 안 찍어도 돼. 봉사 활동을 하고 있다는 증거가 필요한 것뿐이야. 그런 활동을 하면 좋은 사람 같잖아."

"왠지 뼈가 있는 말이네."

"아이돌이 되면 과거는 순식간에 드러나. 여기에서 문제! 그때 남자와 찍은 사진이 발견되는 것과, 봉사 활동에 참가한 사진이 나오는 것 중 뭐가 더 호감을 살 수 있을까요?"

"무시무시한 퀴즈군."

내 속셈을 곧장 이해한 그는 또다시 히죽히죽 웃으며 중얼거렸다. 그의 얼굴을 보다가 안경이 바뀌었다는 것을 알아챘다. 은색 타원형에서 검은 뿔테 웰링턴으로 진화한 것을 굳이 입에 올리지는 않는다.

"아이돌이 되기 위한 계획이 아니라, 된 후의 일까지 생각하고 있다는 거구나?"

"응. 자신감이 과하지?"

"나쁘지 않아. 봉사 활동은 구체적으로 어떤 걸 하고 있어?"

"중학생한테 영어 가르쳐."

"오, 영어 잘하나 보네."

"아빠 직장 때문에 5년 동안 캐나다에 있었거든."

"뭐? 몰랐던 이야기야."

그러고 보니 신지와는 둘이서 여러 번 만났지만 서로의 과거에 대해서 이야기한 적이 거의 없다.

"진짜 우리는 미래의 일에 대해서만 이야기하네."

"그래서 그렇구나. 아즈마의 정체를 지금까지도 제대로 알 수가 없는 게."

"그건 내가 쉬운 여자가 아니기 때문이야."

의도적으로 과거 이야기를 피한 것은 아니었다. 그저 지금까지 질문을 받은 적도, 물어볼 일도 없었을 뿐이다. 나는 제멋대로 그를 잘 알고 있다고 생각했다. 하지만 알고 보면 대부분은 '분명 이렇겠지'라는 억측이며, 실제로 그의 입에서는 테카포 호수에 갔다는 것 정도밖에 들은 게 없다는 사실을 깨닫는다.

"전부터 물어보고 싶었는데,"

"응."

"아즈마는 왜 그렇게까지 아이돌이 되고 싶은 거야?"

"처음으로 아이돌을 봤을 때 생각했어. 사람이 빛날 수도 있구나, 하는 생각."

"……."

그때의 감동은 지금도 잊을 수 없다. 캐나다에 있었을 때 친척이 일본 방송을 녹화한 비디오를 잔뜩 보내 주었었다. 그 중에 그 사람들이 노래하는 모습이 담겨 있었던 것이다.

"그때부터 계속 나도 빛날 수 있는 방법을 찾아다녔어. 주변에는 숨기고 거짓말하면서. 하지만 나 같은 사람은 많이 있을 거라 생각해. 다들 말할 수 없는 꿈과 소망을 가지고, 그 꿈에 대해서 매일 생각하면서 노력하고. 공부 안 했다고 하면서 100점을 맞는 사람이랑 마찬가지지."

"그런 사람일수록 다크서클이 심해져."

"그래도 그런 사람은 멋있어."

찻집의 손님은 오늘도 우리뿐이다. 당장이라도 망할 것 같은 이 가게 한가득 웃음소리가 울려 퍼진다. 한순간의 침묵이 찾아든 후에야 내가 꼭 호언장담을 한 것처럼 느껴졌지만 이미 늦었다. 속마음을 다른 사람에게 속속들이 드러내는 건, '아무것도 입지 않고 발가벗다'라는 뜻인 '적나라(赤裸裸)'라는 말 그대로 부끄러운 일이었다.

"빛나는 것들은 왜 그렇게 매력적일까?"

"역시 별을 좋아하는 신지 님. 잘 아시네요."

든든한 아군. 앞으로도 계속 잘 지낼 수 있을 것 같은 느낌이 든다. 이때 나는 그렇게 과신하고 있었다. 봄소식은 나에게 반가운 일이 아니었는데.

★

동틀 녘까지 봄 방학을 유익하게 보내는 방법을 생각했지만 결국 아무런 답을 찾지 못한 채로 잠들었다. 의식이 끊기기 전의 기억과 합쳐 보면 열세 시간이나 침대에 누워 있었다는 뜻이다. 연휴를 지나치게 소중히 여긴 결과가 이 모양이다. 멍한 상태로 책상에 놓인 탁상 달력을 보니 8일 후에 개학과 함께 찾아올 상실감이 벌써부터 엄습해 왔다.

이렇게 응석스러운 생활 습관이 허용되는 것도 이 짧은 유예 기간뿐이겠지. 오늘부터 시작되는 봄방학. 파자마 차림으로 연휴 첫날의 막을 내리려 하는 나는 이미 진 것이나 다름없었다.

뭉그적뭉그적 일어나 책상 서랍을 열어 수업계획표를 꺼냈다. 입학식 이후로 처음 꺼내 보는 것이었다. 신학기가 시작되기 전에 나는 무엇을 해 두면 좋을까. 우선 어렴풋이 떠오르는 고등학교 2학년 예상도를 확실히 해 두자는 생각이 들었다.

연간 행사 일정이 적힌 페이지를 훑어보다가 내년에는 207일의 등교 일수가 부과되어 있다는 것을 알게 되었다. '경보 대회'라는 글자는 없지만 그 대신 '산림 작업'이라는 어지간히 촌스러운 행사명이 적혀 있다. 축제, 체육 대회, 그리고 수학여행. 각각의 시기를 확인하자 대략적으로 1년 동안의 흐름이 내다보였다. 나는…… 그 어느 것에서도 가치를 찾을 수 있을 것 같지 않다.

우웅.

침대에서 진동 소리가 들려 온다. 오늘도 어김없이 책상에 앉아 있을 때다. 최근 들어 핸드폰은 항상 이 의자에 앉아 있을 때만 울려서 어느새 징크스가 되어가고 있었다.

〔아즈마, 내일 옷은 어떻게 입을 거야?〕

카토리였다. 답장을 하려 했지만 내일 무엇을 입을지는 아직 정하지 않았다.

바바 아주머니가 운영하는 봉사 활동 단체의 행사가 내일로 다가왔다. 수십 명의 참가자와 함께 휠체어를 밀면서 산을 오르는, 봄마다 빠뜨리지 않는 〈니코키즈〉의 연례행사라고 한다. 나는 바바하우스에서 받은 등산 안내서를 핸드폰 카메라로 찍은 뒤 카토리와 쿠루미에게 보냈다. 시계를 보자 짧은 바늘이 6을 가리키고 있었다. 내일은 일찍 일어나야 하니 이제 슬슬 준비해야 한다.

★

집합 시간 15분 전에 산기슭 가까이에 있는 역에 도착했다. 유니클로의 바람막이는 적당한 온도감을 유지해 주었다. 도중에 더워질 것 같으면 안에 입은 셔츠를 벗으면 된다.

개찰구를 빠져나가자 눈앞에는 광장이 펼쳐졌고, 그곳은 이미 모여든 사람들로 북적이고 있었다. 다들 〈니코키즈〉 사람들이려나. 매표기 옆에 서서 남쪽과 서쪽이 도착하기를 기다리기로 했다. 둘 다 약속 시간에 아슬아슬하게 나타나는 경우가 많다. 아니나 다를까 쿠루미는 오늘도 시간에 딱 맞춰서 왔다.

"아즈마, 기다렸지?"

만나자마자 눈에 꽂힌 것은 어깨로 삐져나온 날개 같은 무언가였다.

"어서 와. 등에 귀여운 걸 메고 왔네."

"이거?"라고 하며 뒤를 도는 쿠루미의 움직임에 맞추어 하얀 물체 두 개가 팔락거린다. 등에 멘 것은 토끼 얼굴 모양의 배낭이었다. 얼굴 부분은 수납 역할을 맡고 있지만 커다란 귀는 실용성이 없다. 복슬복슬한 천은 물에 약해서 쉽게 더러워지지 않을까 하는 생각이 들었다. 집에 갈 때쯤이면 늘어져 있는 새하얀 귀가 엉망이 되어 있을 것 같다. 부적합한 것은 가방만이 아니었다. 복장 또한 기능성을 무시하고 있었다. 상의는 옅은 핑크색의 헐렁한 후드티, 하의는 딱 붙는 네이비색 청바지라는 평소와 다름없는 차림으로 산에 도전한다니. 신축성이 없는 데님이라 불편할 것 같지만 치마를 입지 않은 것만으로도 다행이라 여겨야겠다.

"인터넷에서 보고 첫눈에 반해서 샀어. 가방이 커서 노트북도 들어가!"

"오, 의외로 실용적이구나."

"미나미는 아직 안 왔어?"

"응. 곧 오리엔테이션 시작할 텐데."

"여전히 마이페이스를 지키는 공주님이네. 아, 저기 미카다!"

쿠루미가 가리킨 곳에는 카메이 미카의 모습이 있었다. 높은 코가 안표(眼標)라도 되는 양 빛나고 있다.

"기다리고 있었구나."

카토리가 도착한 것은 약속 시간보다 15분을 넘긴 시각이었다. 숨을 몰아쉬지도 않고 당당하게 등장한 그녀를 보고 나와 쿠루미는 부루퉁해졌다.

"미나미, 드디어 왔나 했는데 복장이 그게 뭐야."

노스페이스 브랜드의 재킷에 반바지, 화려한 타이츠에 몽벨 트

레킹화까지 몸에 두른 카토리는 도착하기가 무섭게 산에 대한 열
정을 뿜어내고 있다.

"뭐긴 뭐야, 등산복이지. 쿠루미, 설마 그 차림으로 등산할 생각
은 아니겠지?"

"이게 제일 움직이기 편한 옷이거든."

"그러면 학교에서 입는 활동복이라도 입고 오지 그랬니. 산을
만만하게 보고 있네."

하지만 분명 카토리는 등산을 해 본 적이 없다고 했었다. 그렇
다면 이날을 위해 머리끝부터 발끝까지 다 사들인 것인가.

"그렇게 옷차림에 힘을 줘 놓고 머리 모양은 평소랑 똑같아도
괜찮은 거야?"

"물론이야. 눈에 거슬리지도 않고 오히려 제일 적당해."

"등산복 패션이랑은 미스매치인 것 같은데."

"이렇게 일부러 믹스매치 하는 게 바로 진짜 패션이란다."

"자자, 미나미, 쿠루미, 그만하고, 인사드릴 분이 있으니까 같이
가자."

광장 한복판에 낯익은 둥글둥글한 여성이 서 있었다. 바바 아주
머니는 노랗고 작은 깃발을 흔들고 있었다. 바바하우스의 존재와
영어 봉사 활동에 대해서는 두 사람에게도 말해 두었다.

"바바 아주머니."

"어머, 아즈마, 안녕?"

"안녕하세요."

"안녕하세요."

"반갑습니다."

등 뒤에 숨어 있던 두 사람도 얼굴을 내밀어 인사했다.

"이 분이 평소에도 신세 지고 있는 바바 아주머니셔."

"잘 부탁드립니다. 니시 테크노 고등전문학교 2학년 타이가 쿠루미입니다."

"세이난 테네리타스 여학원 2학년 카토리 란코라고 해요. 오늘을 무척 기대하고 있었답니다."

봄 방학에는 자기소개를 할 때 몇 학년이라고 해야 하는지 고민이 된다. 쿠루미와 카토리는 이제 곧 3학년이 되지만 봄 방학 때까지는 2학년이라고 판단했을 것이다.

"바바입니다. 저야말로 늘 아즈마 양에게 많은 도움을 받고 있어요. 타이가 씨, 카토리 씨라고 했죠? 잘 부탁해요."

"잘 부탁드립니다."

"아즈마……. 잠깐 나 좀 볼까?"

"네? 아, 네."

서쪽 남쪽 두 사람에게는 기다려 달라고 한 뒤 나는 바바 아주머니를 따라 다른 곳으로 갔다. 누군가 소개해 줄 사람이라도 있는 것일까. 하지만 내 예상과는 달리 그녀는 사람이 없는 광장 끝으로 갔다. 그러고는 커다란 나무 아래에 멈춰 서더니 이쪽으로 몸을 돌린다.

"아즈마, 오늘 두 명이나 데려온다는 말은 없었잖아."

그 둥그런 얼굴에는 웃음기가 전혀 없었다.

"아, 그게……."

재빨리 기억을 더듬는다. 미리 친구를 데리고 와도 되는지 질문은 했고, 그 질문에 그녀는 예스라고 답했다. '두 명'이라는 말은 안 했을지도 모른다. 하지만 한 명이 더 늘었다고 해서 불편할 것은 없지 않은가. 오히려 봉사 활동에는 많은 사람이 참여할수록 더 좋다고 생각했는데.

"확실히 말을 해 줬어야지. 사람 수에 딱 맞춰서 준비한 것도 있거든."

"……죄송해요."

"그리고, 그룹이 떨어질 텐데 괜찮아?"

"네?"

"오늘 아즈마는 미카랑 같은 그룹이야. 한 명 정도라면 같은 그룹이어도 괜찮겠다 생각했는데 두 명은 좀……."

"왜 같이 하면 안 되는 거예요?"

"아즈마, 오늘 어떤 행사인지 알고 있지?"

"네. 다 함께 등산을……."

"그래. 오늘은 휠체어 한 대에 다섯 사람이 붙어서 다 같이 힘을 합해 산을 오르는 날이야. 그 다섯 명 중 네 명이 여학생이면 불안해. 물론 얼마든지 잘해낼 수도 있겠지. 하지만 휠체어에 탄 사람의 기분을 생각해 봐. 〈니코키즈〉의 아이들, 그리고 걷기 불편한 특수학교 학생들과 그 부모님들. 많은 사람이 1년에 한 번 있는 오늘을 기다려 왔어."

"……."

"좋은 마음으로 와 줬는데 설교하듯 이야기해서 미안하구나. 와 줘서 고마워. 잘 모르는 것이 있거든 언제든지 물어보렴."

바바 아주머니는 충고를 끝낸 뒤 서둘러 광장으로 돌아갔다. 그 뒷모습이 사라진 후에야 나도 조금 전 장소로 발길을 돌렸다.

"아즈마, 왔어?"

"왠지 안색이 좋지 않은걸?"

"아, 괜찮아. 그냥 사전 설명 같은 거였어."

아무것도 모르는 쿠루미와 카토리를 보며 필사적으로 입꼬리를 올려 보지만 얼굴이 당겨서 잘 웃어지지 않는다. 방금 들은 이야기를 두 사람에게도 해야 한다고 생각하니 마음이 무거웠다. 차라리 지금이라도 꾀병을 부려서 집으로 갈 수는 없을까.

"〈니코키즈〉의 여러분, 좋은 아침입니다. 지금부터 오리엔테이션을 시작할 테니 제가 보이는 위치에 쪼그려 앉아 주세요."

왼손에는 깃발을 들고 오른손으로는 메가폰을 잡은 바바 단장님을 모두가 에워싼다. 그녀는 튀어나온 배 한가득 공기를 들이마시더니 오리엔테이션을 진행하기 시작했다.

"오늘 코스는 편도 두 시간 정도 걸리는 1번 길입니다. 오늘은 총 90명이 참가해 주셨어요."

작년 〈니코키즈〉의 활동 기록에는 분명 참가자 수가 50명이라고 적혀 있었다. 규모가 대폭적으로 커졌다.

"모두 힘을 합해서 즐겁게 가 봅시다. 단, 무리는 하지 마세요. 뭔가 이변이 생기면 가까이 있는 스태프에게 바로 말해 주세요. 여기 있는 분들이 오늘 여러분을 서포트할 특수학교 선생님들이십니다."

소개를 받은 교사들이 끝에서부터 한 명씩 인사를 한다. 그 후 사회인 봉사자, 청년 봉사자 대표가 한마디씩 포부를 밝힌 후 다시 바바 아주머니가 메가폰을 잡았다.

"앞으로는 그룹별로 움직이게 됩니다. 미리 배정해 두었으니 호명된 분은 이쪽으로 오세요. 중학생 이하 봉사자 친구들은 저와 함께 마지막에 출발할 테니 잠시 기다리시고요. 그럼 1그룹부터 부르겠습니다. 후지와라 케이지 씨, 요코타 히로미치 군, 미시마 카에데 양—"

1이라고 적힌 숫자판을 들고 있는 사람은 열 살 정도로 보이는 남자아이였다. 방금 전 이름을 불린 사람들이 그 아이의 휠체어를 둘러싼다.

"아즈마, 나 왠지 불안해지기 시작했어."

쿠루미가 뒤에서 내 옷 소매를 당기며 말했다. 고개를 돌려 얼굴을 보니 미간에 주름이 잡혀 있다.

"쿠루미……."

"정상까지 올라갈 수 있을까?"

"괜찮아. 어른도 많고, 불안한 건 다들 마찬가지야."

실은 나도 오늘이 첫 트레킹이다. 이런 가혹한 일에 왜 기꺼이

나서는지 이해할 수가 없다. 봉사 활동이 아니라면 등산 같은 건 하지도 않았을 것이며, 꿈을 위해서가 아니었다면 봉사 활동도 안 했을 것이다. 그나마 스스로의 의지로 정했다는 것을 다행으로 여겨야 하나. 카토리와 쿠루미는 어떤 마음으로 여기에 있을까.

"힘들어지면 나에게 이야기하렴."

우리의 대화를 잠자코 듣고 있던 카토리가 의기양양하게 산소캔을 보여 주었다. 해발 600미터 정도의 산에서 도대체 누가 고산병에 걸린단 말인가. 빵빵하게 차 오른 몽벨 배낭에는 그것 말고도 쓸모없는 등산 용품이 잔뜩 담겨 있는 것 같았다.

"그런데 아즈마, 우리 다 같은 그룹이니?"

"그게……. 실은 두 사람이랑 나는……."

"아즈마!"

목소리가 들리는 쪽을 보자 미카가 이쪽을 향해 손짓하며 부르는 것이 보였다.

"이쪽이야! 지금 출발해!"

미카 옆에는 3이라고 적힌 숫자판을 든 소녀가 고개만 내 쪽으로 돌리고 있다. 아무래도 나는 3그룹인 듯하다.

"아, 가야겠다."

"우리도 모르는 사이에 불렸나 보네."

미카 쪽으로 걸어가자 쿠루미와 카토리도 내 뒤를 따라왔다. 아마 두 사람의 이름은 불리지 않았을 것이다. 하지만 이 상황에서 차마 '두 명은 따로'라고 말할 수가 없었다.

미카가 있는 곳에 도착하자 가까이에 있던 리더로 보이는 남자가 활짝 웃으며 맞아 주었다.

"이제 다 모였네."

"죄송해요. 잘 부탁드립니다."

"잘 부탁드립니다."

"잘 부탁해요."

3그룹 멤버에게 동서남이 차례로 인사를 하자 예상대로 미카가 입을 뗀다.

"어라? 두 사람은 이 그룹이 아니야. 바바 아주머니, 맞죠?"

"응. 아즈마 친구들은 10그룹이니까 불릴 때까지 조금 더 기다려요."

"엥?"

"그럼 3그룹은 출발하세요!"

바바 아주머니는 숫자판을 들고 있는 소녀를 향해 손을 흔들며 3그룹 멤버들을 재촉한다. 카토리와 쿠루미는 내게 무언가 할 말이 있는 듯한 눈빛을 보내왔다. 하지만 같은 그룹 사람들은 나를 기다리지 않고 걷기 시작했다.

"미안해, 아무래도 사정이 있어서 떨어진 것 같아. 정상에서 다시 만나자."

적당한 말로 공간을 메운 나는 두 사람의 대답을 기다릴 겨를도 없이 산을 오르기 시작했다.

3그룹에 합류하자 조금 전에 미소로 맞아 주었던 건장한 남자가 두꺼운 끈을 하나 건넸다.

"아즈마 씨는 그걸 잡아 주세요."

내가 맡은 휠체어의 소녀는 걷는 것뿐만 아니라 말을 하는 행위도 버거워 보였다. 그녀의 표정에서 기분을 헤아리려 애써 본다. 눈동자에 비치는 파란 하늘을 보며 무슨 생각을 하고 있을까. 오늘 여기에 온 것은 아마도 본인의 뜻이 아닐 것이다. 소녀의 어머니는 연신 주변 경치를 두리번거렸다. 길에서 얼굴을 내미는 꽃들과 나뭇가지에 숨어 있는 새들을 발견할 때면 어머니는 수 초간 멈춰 섰다. 나는 사람과 자연을 번갈아 보면서 산길을 올랐다.

"두 사람을 왜 데려온 거야?"

1킬로미터 지점이라고 적힌 간판을 지나치자 미카는 그동안 닫고 있던 입을 열었다.

"혼자 오기는 왠지 불안해서."

며칠 전 신지에게 이야기했던 진짜 목적은 당연히 입 밖에 내지 않는다.

"그랬구나……."

미카는 다시 입을 닫았다. 우리 그룹에는 침묵이 이어졌다. 분위기를 바꾸기 위해 무슨 말이라도 해 보려 했지만 경사가 급해지면서 그럴 기운도 사라졌다. 이따금씩 리더 같은 남자가 모두에게 말을 걸었다. 하지만 그룹원들의 대답은 나무들 사이로 흡수되었고, 나를 포함한 네 명은 본의 아니게 커뮤니케이션 능력이 부족한 젊은이들의 집합체가 되어 버렸다.

약 두 시간 후 가까스로 정상에 도착하자 사회인 봉사자들이 기다리고 있었다. 우리보다 먼저 출발해서 점심 식사를 준비한 모양이다. 나는 도시락과 직접 끓인 된장국을 받아들고 약간 떨어진 곳에 있는 나무 벤치에서 휴식을 취했다. 화장실에 다녀온 미카가 옆으로 다가온다.

"고생했어."

"아, 응. 너도."

"어땠어?"

"첫 행사라서 잘 모르겠어."

"재미있었어?"

"아니."

솔직히 말하면 조금도 즐겁지 않았다. 산을 오르고 난 뒤 느낀 점은, 모처럼의 휴일을 봉사에 바쳐 봐야 좋은 일을 했다는 만족감을 얻을 수 없다는 것이었다.

"미안해. 나랑 같은 그룹이 돼 버려서."

"아냐, 그건 딱히."

"……."

방금 말에는 제대로 부정을 해야 했다. 하지만 할 말을 고르는 사이에 침묵이 점점 길어졌다. 이윽고 미카는 무릎 위에 있던 도시락을 옆으로 치우고 사람들이 많이 모여 있는 곳으로 가 버렸다. 잠시 후 뒤를 쫓았지만 이미 늦었다. 정상에는 계속해서 사람들이 모여들고 있었기 때문에 미카를 놓치고 말았다.

미카를 찾던 와중에 카토리의 큼지막한 리본이 눈에 들어왔다. 산기슭에서 입고 있던 노스페이스 재킷은 허리에 묶여 있었다. 쿠루미와 함께 도시락을 받는 줄에 서 있었는데, 옆에 있는 쿠루미가 어색하게 느껴진 이유는 그녀가 소매를 걷어붙였기 때문이다. 여름에도 긴 소매로 손등을 덮는 그녀가 말이다.

"저기 있다. 배신자."

나를 발견한 쿠루미는 분명히 그렇게 말했다. 카토리도 이쪽을 보더니 둘 다 차가운 시선을 보낸다. 내 발은 마치 도망치듯 아까 그 벤치로 유턴하기 시작했다.

5분 남짓한 시간이 흘렀지만 미카는 돌아오지 않았다. 벤치에는 도시락 두 개가 놓여 있다. 머리가 복잡한 와중에도 배가 고팠던 나는 먼저 식사를 하기로 했다. 배낭에서 물통을 꺼내 든다. 흔들어 보니 달그락거리는 소리가 났다. 아직 얼음이 녹지 않은 모양이다.

정상에서 먹는 밥이 그렇게 맛있다고 하던데 순전히 틀린 말이다. 흰쌀, 톳나물, 크로켓 할 것 없이 죄다 싱겁고 맛이 없었다. 밥을 먹다가 식은 지 오래인 된장국을 보고 종이컵을 들어 올렸지만 갈색 수면에는 개미가 떠다니고 있었다.

"익사는 고통스러울 텐데."

30미터 정도 앞에 풀숲을 발견하고는 종이컵을 한쪽에 들고 이동한다. 잡초들 틈에 섞여 있는 냉이를 향해 된장국을 끼얹었다.

"여자애가 참 야만스럽네."

그 소리에 뒤를 돌아보니 쿠루미, 카토리, 미카가 도시락을 안고 서 있었다.

"아, 아니야. 이건 개미가……."

"빨리 이쪽으로 와. 밥 먹자."

딱히 화난 기색도 없이 쿠루미는 나에게 말을 걸었다. 빈 종이컵을 손에 쥔 채 머릿속이 아직 정리되지 않은 상태로 모두가 기다리는 곳으로 갔다. 조금 전까지 나 혼자 앉아 있던 벤치 앞에서 카토리와 쿠루미는 돗자리를 깔기 시작했다.

"둘 다 화난 거 아니었어?"

"일단 앉으시지요?"

나는 카토리의 말에 따라 먹다 만 도시락 옆에 앉아서 두 사람의 작업이 끝나가는 것을 보고 있었다. 미카는 다시 내 옆에서 묵묵히 도시락을 먹기 시작했다.

"역시 큰 돗자리를 가져오길 잘했구나."

"미나미 님, 오늘 하나에서 열까지 다 고마워."

"별 말씀을요. 자, 먹자."

"잘 먹겠습니다."

"된장국 맛있다!"

"진짜네."

내가 된장국을 버리는 걸 봤을 텐데도 굳이 맛있다고 주장하는 모양새에 짜증이 났다. 대화에 끼지 못하는 정도가 아니라 벽이 가로놓인 기분이다. 이 두 사람은 나를 괴롭히려고 일부러 여기에 온 것인가.

"아즈마, 왜 그렇게 시무룩해?"

"아니, 그게……. 두 사람이 화난 것 같아서."

"화 안 났어."

"정말?!"

벌떡 일어나는 바람에 나무젓가락이 바닥에 떨어졌지만 지금은 그걸 신경 쓸 때가 아니다.

"솔직히 말하면, 지금은 화 안 났어. 처음에 초입에서 방치됐을 때는 역시 얼떨떨했지만."

"쿠루미가 자꾸 집에 가겠다고 해서 얼마나 애먹었는지 몰라."

"아니, 그도 그럴 게 아즈마가 가자고 해서 억지로 온 건데 장본인은 먼저 가 버렸잖아. 미나미랑 둘이서 얼마나 불안했는데. 집에 갈까 싶었다니까."

"지금까지 옆에서 애쓴 게 누군데 그래."

"미안, 미안. 의외로 든든했어. 아, 아즈마 드디어 웃었다."

"다행이야……."

뜻하지 않게 생겨 버린 균열을 어떻게 복구해야 하나 고민했는데 일단 마음이 놓인다.

온몸에 힘이 빠져나가자마자 식욕이 돌아왔다. 한 입밖에 먹지 않았던, 그렇게도 맛이 없던 반찬들이 매력적으로 느껴지면서 한 번 덮은 뚜껑을 다시 열었다. 군침이 돌던 그 순간 젓가락의 사망을 떠올린 나는 다른 사람들이 먹는 모습을 지켜볼 수밖에 없었다. 옆자리의 미카는 밥을 먹기 위해서만 입을 열고 있어서 목소리를 낼 것 같지 않았다.

"아, 소개할게. 오늘 나랑 같은 그룹이었던 조슈 기타 고등학교의 카메이 미카야."

"쿠루미는 알고 있으니까 오늘 처음 보는 건 미나미지?"

"어머, 그렇구나……. 그래도 조금 전에 잠깐 이야기했어. 미카가 여기에서 밥 같이 먹자고 말해 줬는걸."

그래서 세 명이 같이 여기로 온 것인가. 대체 왜 미카는 두 사람을 데리고 왔을까.

"카메이 씨, 나는 카토리 란코라고 해. 잘 부탁해."

"네? 이름이 '미나미' 아니었어요?"

"아아, 맞다. 세이난(聖南) 테네리타스 여학원에 다니고 있어서 미나미(南)라고 불려. 그러니 카메이 씨도 미나미라고 불러도 돼."

"그럼 저도 기타(北) 고등학교니까 '기타(北)'라고 불러도 돼요."

"오! 그럼 나도 이름은 쿠루미지만 '니시(西)'로 할까?"

"어머나!"

"왜 그래, 카토리, 또 극적으로 놀라네."

"우리들, 동서남북이야!"

카토리, 쿠루미, 미카는 눈이 동그래졌다. 세 사람은 우연이라

믿어 의심치 않았다. 나는 카토리를 따라서 손으로 입을 가린 채 터져 나오려는 웃음을 애써 숨겼다.

★

"하나, 둘, 셋!"

적당한 장소에서 단체 사진을 찍고 나면 오늘 임무는 거의 끝난 것이나 다름없다.

"그럼 여러분, 이제 하산 준비를 하겠습니다. 올라올 때 그룹과 같습니다."

바바 아주머니의 말이 떨어지기 무섭게 모여 있던 90명이 순식간에 흩어졌다. 숨을 멈추고 있었다는 걸 깨닫고 산 정상의 공기를 깊게 들이쉬자 몸이 자연스레 기지개를 켠다. 그때 갑자기 쿠루미가 앞에 있는 휠체어의 소녀에게 말을 걸었다.

"사치, 밥 먹었어?"

"응. 맛있었어."

"갈 때도 힘내자."

"응."

대화를 들어보니 '사치'와 쿠루미는 같은 그룹이라는 것을 알 수 있다. 사치라는 이름의 소녀는 휠체어에 타지 않았다면 비장애인과 다를 바가 없는 여자아이였다.

"아, 엄마."

늘씬한 키의 엄마가 뒤에서 나타났다. 모델처럼 미인인 엄마는 젊은 나이에 사치를 낳은 모양이었다.

"사치는 좋겠네. 예쁜 언니들한테 둘러싸여서."

"응."

"내려갈 때도 잘 부탁드려요."

엄마는 고개 숙여 인사한 후 사치를 에워싼 여고생 네 명의 얼굴을 둘러보았다.

"어머, 미카도 있었구나."

"오랜만이에요, 사치 어머님."

"올해는 다른 그룹에 있네."

"네."

"그래도 만나서 기분 좋구나."

미카는 능숙하게 경어를 사용하며 어른과의 커뮤니케이션에 임하고 있었다. 〈니코키즈〉의 블로그만 보면 그녀는 대략 3년간은 이 단체에 소속되어 행사에 참여했다. 그 시간 동안 휠체어의 소녀, 사치와 교류가 있었다 해도 이상한 일이 아니다.

"우와! 사치네 가족이랑 미카는 아는 사이였구나!"

사치의 눈높이에 맞추어 쪼그려 앉아 있던 쿠루미는 '깡총' 하는 효과음과 함께 벌떡 일어나더니 동그란 눈동자로 양쪽을 번갈아 보았다. 옆에 있는 카토리는 아무 말도 하지 않았지만 감정은 전달되었다. 손으로 입을 막은 채 오늘만 두 번째인 극적인 제스처로 놀라움을 표현하고 있다.

나는 엷게 웃으며 이런 대화를 그저 바라볼 수밖에 없었다. 소외당하는 기분을 느끼면서도 여전히 산 정상에 머물러 있다.

"누구신지?"

사치의 엄마가 갑자기 나를 보며 고개를 옆으로 갸웃거렸다.

"아, 그게……."

"제 친구입니다."

"그래? 미카 친구, 잘 부탁해."

"……잘 부탁드립니다."

친구라는 경계선이 어디까지인지보다 세콤의 레이저 센서가 어디에 있는지를 알아내는 게 더 쉬울 것이다. 오지랖 넓은 미카 때문에 자기 소개도 제대로 못 했지만, 잘 생각해 보면 굳이 이름을 말할 필요도 없겠다는 생각이 들었다. 말한다 한들 어차피 사치도 기억하지 못할 것이다.

이때, 서남북은 사치를 중심으로 서 있었다. 이제 막 굴러가기 시작한 톱니바퀴에 돌이 낀 것 같은 느낌에 기분이 썩 좋지는 않다. 나는 옆에 있는 미카에게 제안했다.

"이제 우리도 그룹으로 돌아가야 할 것 같아."

그녀는 곧장 "그렇네" 하며 고개를 끄덕였고 우리는 3그룹으로 돌아갔다.

해는 여전히 쨍쨍하게 내리쬐면서 아직도 떨어질 기미를 보이지 않았다. 내려갈 때는 페이스가 빨라서, 휴식 시간도 올라갈 때보다 더 짧게 느껴졌다.

"좋아! 골이 보인다!"

아침에 집합했던 광장으로 돌아왔다. 대부분의 그룹은 아직 도착하지 않았지만 모두 하산할 때까지는 그다지 시간이 오래 걸리지 않았다. 간단한 해단식이 끝나고 나면 아침부터 모여들었던 〈니코키즈〉는 여기에서 헤어진다.

내가 맡았던 휠체어의 소녀는 하루 종일 하늘을 올려다보고 있었다. 그녀는 태어났을 때부터 근이영양증(筋異營養症, 근육이 점점 위축되어 굳어지는 유전 질환 - 옮긴이)이라는 병에 걸렸다고 한다. 그녀의 어머니는 감사의 표시라며 그림엽서를 3그룹 멤버들에게 나누어 주었다.

"와, 너무 예쁘다!"

"딸이 그렸어요."

파랑새가 울창한 숲 속을 날아다니는 그림이다. 그녀가 그린 나무들의 색감은 무척이나 부드러웠다. 실제보다 훨씬 아름다운 풍경. 나는 문득 슬퍼졌다. 이렇게나 멋진 재능을 지닌 그녀의 근력을 앗아간 그 병에 화가 났다.

"고마워."

나도 미카도, 휠체어 높이까지 허리를 굽혀서 그림엽서 작가에게 직접 고마움을 표현했다. 그녀는 끝까지 표정에 변화가 없었다. 강렬한 눈동자로, 주홍빛으로 물든 하늘을 바라볼 뿐이었다.

쿠루미와 카토리를 데리러 가자 역시나 두 사람은 사치와 담소를 나누고 있었다. 하루 종일 같이 있었는데 아직도 할 이야기가 남았다니, 대체 어떤 대화 기술을 갖추고 있는 걸까.

"이제 갈 시간이야."

"네!"

"즐거운 시간은 눈 깜짝할 사이에 가 버리네요."

나는 그곳을 떠나는 아쉬운 이별의 분위기를 외면하면서 역이 있는 방향을 가리켰다.

"서둘러야 해. 전차 시간까지 5분밖에 안 남았어."

"여러분, 정말 감사했습니다."

사치와 엄마가 고개를 숙인다. 쿠루미는 천천히 사치의 손을 놓으며 애틋한 인사를 나눴다. 카토리, 그리고 옆에 있던 미카까지 깊숙이 허리 굽혀 인사하자 뒤에 있던 나의 시야가 탁 트였다.

이윽고 역을 향해 걷기 시작하는데 미카가 나를 불러 세웠다.

"아즈마, 나는 바바 아주머니를 도와줘야 해서 여기에서 그만 헤어질게."

저 멀리 보이는 바바 아주머니는 사회인 봉사자들과 진지한 표정으로 이야기를 나누고 있다. 인사는 다음번에 만났을 때 하는 것이 좋을 것 같았다.

"알았어. 아주머니께도 인사 전해 줘."

"……웅. 잘 가."

미카는 바바 아주머니를 포함한 어른들 쪽으로 멀어져 갔다.

"미카는 가 버렸네."

"다음에 또 다 같이 모이자."

동서남북이 제대로 완성된 지는 얼마 되지 않았지만 확실히 호
전된 하루였다. 인생에도 게임처럼 저장 기능이 있다면 지금 바로
해 두고 싶다.

"왠지 성취감이 있었어."

"쿠루미도!"

"나도."

시골을 달리는 전차는 역시나 텅 비어 있다. 자리를 널찍널찍하
게 남겨두고 세 명이 나란히 앉았다. 부피가 줄어들지 않은 몽벨
백팩과 때 묻은 배낭은 두 사람의 팔 안에 소중히 안겨 있었다.

"바바 아주머니."

"어머, 같이 돌아간 거 아니었니?"

"네. 뒷정리 도울게요."

"안 그래도 되는데……."

"제가 있어야 할 곳은 여기니까요."

"미카……."

"아즈마에게는 이미 멋진 친구들이 있어요. 제가 방해하면 안
돼요."

"……."

"그래요…… 알고 있어요. 하지만 즐거워서. 오늘도 너무 즐거

워서⋯⋯."

"미카, 들어 봐. 미카는 〈니코키즈〉의 소중한 일원이야. 하지만 마음 둘 수 있는 다른 곳을 찾게 되면 얼마든지 기쁘게 손을 흔들어 줄 거야. 내가 지금 미카에게 바라는 건 조심스러워 하는 것도, 봉사 활동을 도와주는 것도 아니야."

"⋯⋯."

"나는 미카가 항상 웃었으면 좋겠어. 넌 너무 혼자 다 끌어안으려고 해. 힘든 일을 너무 많이 겪었잖니. 그런 만큼 더욱 더 즐겁게 살아야지."

"⋯⋯네."

6
파트너
: 카메라를 든 소년

★

이 시기에 니시 테크노 고등전문학교에서 공업제가 열린다는 걸 알게 된 것은 놀러 오라는 쿠루미의 연락을 받고 나서였다. 자고로 축제의 계절이라 하면 가을이지만, 니시 테크노는 가을에 로봇 콘테스트가 있어서 축제는 여름이 오기 전에 연다고 한다.

나는 어릴 때 이후로 처음 가보는 공업제에 마음이 들떠 있었다. '서쪽' 쿠루미의 초대를 받은 동남북은 제각각 교복 차림으로 고등전문학교 부근에 있는 역에서 모였다. 어제 다수결 투표에서 유일하게 사복을 입고 싶어 했던 카토리는 뚱한 얼굴로 나타났다.

"쉬는 날인데 교복을 입다니 이상해."

"축제 때는 사복을 입는 게 더 기분이 나기는 하지."

"그래도 오늘은 그냥 축제가 아니라 공업제잖아."

다 같이 모이는 건 등산 다음으로 두 번째인데도 카토리와 미카의 대화에는 어색함이 없다.

학생들은 교문 앞에서 각양각색의 전단지를 나눠 주고 있었다. 핫도그, 초코바나나 등 축제 하면 빼놓을 수 없는 음식은 물론 과학 체험과 로봇 배틀이라는 고등전문학교 특유의 이벤트도 있는 모양이다.

쿠루미는 버블티 가게를 맡았다고 했다. 신지네 반에서는 카레를 만든다고 했지만 오늘만큼은 마주치고 싶지 않다. 교복 차림의 여고생들을 앞에 두고 잘 보이려 애쓸 신지의 모습이 그려진다.

"사람이 꽤 많구나."

"미나미, 안 떨어지게 조심해."

"알겠어."

카토리는 그렇게 말하며 나의 책가방을 잡았다.

"거기, 잠깐만. 아가씨들 몇 학년이야? 우리 귀신의 집에 놀러 오지 않을래?"

남학생 하나가 우리에게 집요하게 전단지를 들이밀었다. 이 남자 전에도 어디선가 본 것 같은데 기분 탓이겠지.

"귀신은 심장에 좋지 않아."

카토리는 오늘도 도도하게 말하며 남자의 추파를 화려하게 뿌리쳤다.

"쿠루미는 지금쯤 외로워서 울고 있을 거야. 서두르자고."

"우리가 가면 좋아해 줄까?"

카토리가 서두르는 이유는 어차피 목이 마르기 때문일 것이다. 그리고 기대 중인 그녀와 음료를 팔고 있을 쿠루미에게는 미안하지만 축제에서 파는 버블티는 대체로 미지근하고 타피오카 펄은 딱딱하고 싱겁다.

"쿠루미네 반은 3층이니까……. 이쪽이 맞는데."

"저거네! 저기에 버블티라고 적혀 있는 게 보여."

카토리는 내 가방에서 손을 떼더니 성큼성큼 인파를 헤치며 나아갔다. 나와 미카는 그 뒤를 따라간다. 버블티 가게의 대기 행렬은 복도까지 이어져 있었고, 줄의 제일 끝에서 쿠루미와 같은 반인 남학생이 '마지막 줄'이라 적힌 간판을 들고 있었다.

"주문을 해야 들어갈 수 있는 것 같아."

"아, 방금 안쪽에 있었어! 쿠루미!"

"어디?"

카토리의 시선이 향하는 곳을 쳐다보았지만 쿠루미의 모습은 없었다.

"정말 있었어?"

"있었다니까."

키가 가장 큰 카토리 눈에만 보였던 것일까. 하지만 설령 교실 안쪽에 쿠루미가 있다고 한들 이 거리에서 말을 걸기는 어렵다.

"일단 우리도 여기에 줄 서자."

교실에 들어서면 바로 계산대가 있고, 선불로 계산한 후에 음료를 기다리는 순서인 것 같았다. 수는 적지만 테이블과 의자도 준비되어 있다.

"다음 분 주문해 주세요."

"밀크티 하나요."

"나도."

"나는 칼피스로 하겠어."

"각각 400엔입니다."

손님을 응대하는 말투는 정중하긴 한데, 고등전문학교의 남자들은 왜 이리 눈을 마주치지 못하는 것인가. 역시 학급에 여자가 적기 때문일까. 신지와 처음으로 만났을 때가 떠올랐다.

"번호표 56번입니다. 음료를 받으실 때는 번호표를 회수하니 잘 가지고 저쪽으로 가 주세요."

안내에 따라 교실 안쪽으로 갔는데 인구 밀도가 높은 탓에 계속해서 사람들과 부딪혔다. 에어컨이 잘 작동하고 있어서 덥지는 않았지만 쓸데없는 부딪힘이 성가시다.

"카토리, 쿠루미 좀 찾아 봐."

"아까부터 저기에 있단다."

"거짓말. 우리는 전혀 안 보여."

"따라와 보렴."

카토리는 서슴없이 돌진했다. 교실 창가에는 긴 테이블이 주방과 손님을 나누는 역할을 하고 있었다. 그 너머로 여학생 한 명이 보인다. 허리에 앞치마를 두르고 무표정으로 타피오카를 건지는 그 여학생은 틀림없는 미소녀였다.

"쿠루미!"

"우와! 다들 와 줘서 고마워."

옆에 있던 과묵해 보이는 남자아이에게 "잠시 자리 좀 비울게"라고 말하더니 쿠루미는 테이블을 빙글 돌아 우리 쪽으로 왔다.

"만들다 말고 나와도 괜찮은 거야?"

"괜찮아, 괜찮아. 재료 살 때부터 계속 도맡았으니까. 다들 방금 온 거야?"

"응. 오자마자 바로 여기로 왔지."

"쿠루미가 외로워할 것 같았거든."

"헤헤, 기분 좋다!"

나는 놓치지 않았다. 쿠루미가 웃은 직후, 뒤에서 비명 같은 목소리가 들린 것을 말이다. 이내 주변을 둘러보고는 모두의 시선이 이쪽을 향하고 있다는 것을 알아챘다.

……둘러싸여 있다.

키가 큰 카토리의 눈에만 쿠루미가 보였던 이유도, 이렇게 버블티 가게에 사람이 북적이는 이유도……. 그렇다. 쿠루미 주변으로 사람들이 인산인해를 이루고 있었던 것이다.

"실례합니다."

수수한 여고생 두 명이 쿠루미의 어깨를 쿡쿡 찌른다.

"응?"

"사진 같이 찍어 주시면 안 될까요?"

교복도 사복도 아닌 학급 단체티를 입고 있다. 그 말인즉슨 그녀들도 이 학교의 학생이라는 뜻이다.

"작년 로봇 콘테스트도 봤어요. 그때부터 계속 타이가 선배 팬이었어요."

"아- 고마워. 그럼……."

요구에는 응하지만 딱히 웃어 주지도 않고 포즈도 잡아 주지 않았다. 쿠루미는 평소에도 옷을 사러 가든 음식점에 가든 점원에게 살갑게 굴지 않는다. 그런 모습을 볼 때마다 그녀와 친하게 지내는 나는 선택받은 사람이라는 우월감에 젖게 된다.

"야, 야. 우리도 찍어 달라고 하자."

남학생 네다섯 명이 이 분위기에 편승하려고 다가오는 것을 알수 있었다. 남자와 사진을 찍는 것은 아이돌에게는 위험한 행위다. 어떻게든 막아야 한다.

"쿠루미, 나 화장실에 가고 싶은데 어디인지 알려 줄 수 있어?"

"응. 내가 안내할게! 그런데 분위기가 좀 더 차분해지면 가는 게 좋을지도 몰라."

"지금 나올 것 같아!"

★

그다지 가고 싶지도 않았던 화장실에 들른 후 우리는 안뜰에 있는 벤치에 앉았다.

"왠지, 이렇게 다 같이 있으니까 행복해."

"……."

"나 원래 공업제 때는 아무것도 안 했어. 가게를 하는 것도 귀찮다고 생각했고, 같이 할 사람도 없었고."

"……."

"그렇지만 올해는 즐거워."

"다행이구나. 나도 있지, 지금 너무나도 즐겁단다. 하지만 너희와 함께 있으면 자꾸만 수험 공부도 하기 싫다는 생각이 들어. 그러니 언제 한번……."

"저기, 5학년 시미즈라고 합니다. 괜찮으시다면 이거, 보러 와주세요."

갑자기 웬 남학생이 쿠루미에게 종이 한 장을 내밀더니 순식간에 사라져 버렸다. 5학년이면 신지와 같은 학년이다.

"뭐야, 뭐야?"

여섯 개의 눈동자가 쿠루미의 손으로 향한다.

"어린이 왕도마뱀 · 11시 10분부터 체육관에서"

"이건 무슨 전단지일까? 위에 크게 적혀 있는 어린이 왕도마뱀이 뭔지 알아?"

"밴드 이름인가? 왜, 축제 보면 학교마다 연주하는 밴드 하나씩은 있잖아."

엑스트라들이 재잘재잘 떠들어대자 쿠루미는 웃으며 말했다.

"음, 너희 하고 싶은 대로 해."

"뭐라는 거야. 꼭 가야지."

"나도 그렇게 생각해."

"다들 그렇게 말한다면 갈까?"

우리 셋은 벤치에서 일어나 쿠루미 뒤를 따라갔다. 늘 앞장서서 걷는 일이 많은 내가 제일 뒤에서 간다. 왠지 신선한 기분이었다.

체육관에 도착했지만 시간은 아직 여유가 있었다. 남은 시간을 아무 연고도 없는 학생들의 밴드 연주로 채운다는 것도 가혹한 일이다. 지금 공연 중인 '오징어다리'라는 밴드도, 악기들 제각각의 자기주장이 너무 강해서 보컬의 목소리가 묻히고 있다. 단상에 놓여 있는 롤랜드 앰프를 원격으로 조종해 저쪽으로 돌리고 싶을 지경이다.

"입이 심심해!"

"뭐 좀 사러 갈까?"

"그러고 보니까 버블티는?"

"아, 맞다."

가방을 열자 접힌 자국이 있는 번호표가 나왔다.

"왜 아무도 몰랐지?"

"아즈마 때문이야. 화장실 얘기를 꺼내서."

"쿠루미가 가지고 올게."

"안 돼. 쿠루미는 여기에 있어야지. 꼭 봐야 하는 사람이잖아."

"엥? 그래도 버블티가 미지근해졌다면 다시 만들어 달라고 하는 게 낫잖아?"

그러고 보니 그걸 할 수 있는 사람은 쿠루미밖에 없다. 틀린 말은 아닌지라 세 사람은 말이 없어졌다.

"어린이 왕도마뱀 공연까지는 아직 시간 있으니까 괜찮아."

쿠루미는 버블티 가게로 돌아간다. 나는 화장실 사건에 책임감을 느끼고 그녀를 따라갔다. 카토리와 미카에게는 체육관에 남아서 앉을 자리를 맡아 달라고 부탁했다.

"56번? 아, 나간 지 꽤 됐으니까 분명 미지근할 거예요."

아니나 다를까 우리가 주문한 버블티는 얼음이 다 녹아서 양도 불어나 있었다. 하지만 쿠루미가 권력을 행사한 덕분에 새로운 음료와 교환할 수 있었으니 마음이 놓인다. 양손에 컵을 들자 겉에 맺힌 물방울 때문에 미끄러질까 봐 불안해진다. 체육관으로 돌아가려고 하던 그때, 등 뒤에서 쿠루미를 부르는 목소리가 들렸다.

"쿠루미 언니."

어디선가 들어본 적이 있는 소녀의 목소리였다.

"아! 사치!"

쿠루미는 사치의 얼굴을 보자마자 휠체어로 뛰어갔다. 왜 사치가 여기에 있지? 쿠루미가 공업제에 사치를 초대한 건가. 그건 그렇다 치더라도 사치가 혼자서 여기까지 올 수 있었나?

"같이 구경하자. 아, 사치 이거 마실 수 있어?"

"응."

사치는 쿠루미가 준 버블티를 받아 들고는 작은 입으로 빨대를 물었다.

"아즈마, 미안. 내가 가지고 있던 음료수도 부탁할게. 거기에 있는 쟁반 써 줄래?"

"계단에서 쏟을 것 같은데."

"괜찮아. 엘리베이터 타면 되니까."

"엥, 엘리베이터가 있어?"

공립 고등학교에서는 생각할 수 없는 일인데 국립 고등전문학교에는 있는 모양이다. 그것까지 생각해서 사치를 부른 것인가.

휠체어의 소녀와 함께 걷자 복도에 있던 학생들이며 다른 학교의 학생들까지도 모두 이쪽으로 돌아보았다. 하지만 쿠루미는 주위의 시선에는 조금도 신경 쓰지 않았고 오히려 당당했다. 아래층까지는 엘리베이터로 내려갔지만 체육관으로 가려면 밖에 있는 복도를 한 번은 통과해야 한다. 하지만 거기에는 계단이 몇 개 있었다. 학교 건물에서 한 발짝만 밖으로 나가도 배리어 프리(barrier free. 장애인이 이용하기에 불편함이 없도록 물리적·제도적 장벽을 제거하는 것-옮긴이)가 적용되지 않는 것이다.

"아즈마."

"웅?"

"역시 쿠루미는 여기에서 사치랑 기다릴게."

"거짓말이지?"

쿠루미의 뜻은 완강했다. 내가 아무리 설득해 보아도 들으려고도 하지 않았다.

이렇게 된 이상 자리를 맡고 있을 카토리와 미카에게 가서 대

책을 강구할 수밖에 없다. 체육관으로 돌아가자 두 사람은 제일 앞에 있는 의자에서 남다른 미모를 뽐내고 있었다.

"아, 왔다왔다. 아즈마, 고마워."

"나는 칼피스 맞지?"

미카도 카토리도 내가 도착하자마자 쟁반 위에 놓인 버블티를 들었다. 쿠루미가 없다는 것에는 위화감을 느끼지 못하는 듯하다.

"있잖아, 마시면서 들어. 쿠루미가 공연 안 보겠대."

"뭐라고? 그 짧은 시간에 무슨 일이 있었던 거니?"

"조금 전에 쿠루미네 반에 사치가 왔거든."

"사치라면 〈니코키즈〉의 그 사치?"

"맞아."

"그래서, 지금 쿠루미는?"

"사치랑 있어."

"쿠루미가 어린이 왕도마뱀 공연을 안 본다면 우리도 볼 이유가 없잖니. 자리를 맡은 의미가 없었구나."

두 사람은 천천히 짐을 정리하기 시작했다.

"사치랑 쿠루미는 어디에 있니?"

"아마 체육관에서 나가면 있을 거야. 응? 잠깐만. 다들 진짜 안 봐도 괜찮은 거야?"

"그럼 반대로 아즈마는 보고 싶어?"

"보고 싶어."

"그럼 우리는 먼저 가 있겠어."

미카는 고민하는 듯 보였지만 카토리가 강제로 연행해 갔다. 체육관에는 나만 남겨졌다.

"시미즈라고 했던가. 그 남자도 불쌍하다."

두 사람이 맡았던 자리에 앉아서 잘못되었을지도 모를 내 선택을 외면한다. 어쩔 수 없다. 나는 사치와 함께 있고 싶지 않으니까.

★

〔가정과 준비실에 있는 카레 집에 있어.〕

어린이 왕도마뱀이 준비한 세 곡의 연주가 끝난 후에 핸드폰을 보자 미카가 보낸 메시지가 들어와 있었다. 〔바로 갈게〕라고 써서 송신 버튼을 누르려던 차에 멈칫한다. 카레 집이라는 말은 신지가 있다는 뜻이 아닌가.

팸플릿에서 장소를 확인해 봤지만 유감스럽게도 카레를 팔고 있는 학급은 하나뿐이었다. 나는 우울한 기분으로 체육관을 뒤로한다.

"어! 아즈마 드디어 왔다."

"늦어서 미안해."

"아즈마 먹으라고 주문한 고기 카레 방금 나왔어."

"식기 전에, 잘 먹겠습니다."

다행히 신지의 모습은 계산대에도 플로어에도 없었다. 네 사람의 이야기에 따르면 주문 후 음식이 나오기까지는 상당한 시간이 걸렸다고 한다. 내 앞에 놓여 있는 고기 카레는 밥의 비율이 80퍼센트를 차지하고 있었다. 카토리가 주문한 야채 카레는 당근과 감자의 형태가 무시무시하게 흉했지만 소박한 맛이 아주 좋다며 공주님은 만족스러워 했다.

나는 쿠루미에게 어린이 왕도마뱀의 공연 소감을 이야기했다. 시미즈가 부른 노래가 「히로인」「하이스쿨」「사랑」이었다는 것도, 눈 뜨고는 못 들어줄 만큼 음정이 불안정했다는 것도. 쿠루미는 "안 듣기를 잘했네"라고 말하며 작게 웃을 뿐이었다.

식사를 마친 후에도 우리는 한동안 담소를 나눴다. 그러다 쿠루미가 돌아가야 하는 시간이 되어 우리는 가정과 준비실을 나섰다. 오전에 비해 손님들은 부쩍 줄어 있었다.

쿠루미를 교실까지 배웅하러 가던 도중, 사치가 갑자기 휠체어에서 몸을 앞으로 내밀었다.

"이거 뭐야?"

그녀가 가리킨 손끝에는 "코스프레 사진관: 10년 후의 당신"이라는 글자가 적혀 있다.

"들어가 볼래?"

미카가 사치에게 물어보자 사치는 있는 힘껏 고개를 끄덕였다.

"쿠루미는 시간 괜찮아?"

"응, 잠깐이면 괜찮아."

"그럼 한번 들어가 보자."

복도 장식부터 기운 없이 축 처진 느낌이라 내키지는 않았지만

이 이상 독단적으로 행동하는 것은 위험하다는 판단이 들어 떨떠름하게 동의한다. 교실 안으로 들어서자 싸구려 드레스와 토끼 인형 탈이 우리를 맞아 주었다.

"어서 오세요. 와, 마지막에 이렇게 예쁜 친구들이 오다니."

"마지막?"

"응. 이제 사람이 안 오니까 문 닫으려던 참이었거든."

능숙하게 '언니' 같은 말투를 구사하는 이 남학생은 치마를 입고 립스틱을 바른 모습이었다. 가발을 사기에는 예산이 모자랐는지 머리는 까까머리 그대로였다.

"아, 자 그럼 아가씨들, 입고 싶은 옷을 거기에서 골라 주세요. 단, 지금 입고 싶은 옷이 아니에요. 10년 후를 상상해 주세요."

"왜?"

"그게 타임캡슐 같아서 재미있잖아."

'언니'는 입구에 놓인 철제 선반을 가리켰다. 교실에 들어오자마자 제일 처음 눈에 들어왔던 싸구려 의상들이다.

"쿠루미는 이거 입을래."

"너무 빨리 정하는 거 아냐?"

"사치는 이게 좋아!"

쿠루미는 남성용 수트, 사치는 길이가 짧은 드레스 같은 옷을 선택했다.

"사치, 이 옷은 어떤 코스프레니?"

"이건 아이돌이야! 하늘하늘하고 귀여워서!"

"사치는 아이돌을 정말 좋아하는구나."

휠체어 손잡이를 잡고 있던 미카가 부드럽게 소녀의 머리를 어루만졌다.

설마, 사치도 나와……

"하지만 사치는 역시 신부 옷을 입을래."

"어머, 왜? 이왕 입는 거 그 귀여운 옷을 입으면 좋잖니."

"아냐. 역시 이건 나보다 더 언니인 사람이 입었으면 좋겠어."

"그럼 내가 그걸로 할게."

사치가 입지 않는다면 내가 입자. 빳빳한 속치마가 들어 있어 풍성하게 부푼 파스텔 색조의 드레스는 여기에 있는 의상들 중에서 가장 매력적으로 느껴졌다.

"소품도 많이 있어. 당신한테는 이게 세트네."

'언니'가 원래는 불량식품이 들어 있었을 장난감 마이크를 억지로 쥐어 준다. 나와 사치의 대화를 듣고 있었을지도 모른다.

나, 카토리, 미카 세 사람은 '언니'의 안내대로 탈의실을 이용하면 된다. 쿠루미는 일찌감치 남성용 수트로 갈아입었기 때문에 사치가 옷을 갈아입는 것을 도와주기로 했다.

"미나미 옷은 뭐야?"

"탐험가야. 아즈마는 리빙스턴(영국의 선교사이자 탐험가-옮긴이) 전기 읽어 봤니?"

"아니. 전기 자체를 읽어 본 적이 없어."

수녀복으로 갈아입던 미카는 무언가 하고 싶은 말이 있는 듯

머뭇거렸다. 카토리가 미카에게 물었다.

"미카는 리빙스턴 알지?"

"……."

"왜 그래? 말도 없이."

"미나미, 사치가 왜 웨딩드레스를 골랐는지 알아?"

"……모르겠어."

"여기에 있는 의상들은 다 길이가 짧아서 사치가 입고 싶은 옷이 없거든."

"그래도 드레스는 짧은 게 더 귀엽잖아."

"미나미는 본인의 다리가 금속으로 만들어져 있다면…… 그걸 다른 사람들에게 보여주고 싶겠어?"

"……."

그렇구나, 사치는 오늘도 지난번 등산 때도 긴 바지를 입고 있었다. 그러니 우리는 그녀가 의족을 쓰고 있다는 것을 알 수 없었다.

"미안해. 화를 낸 건 절대 아니야."

미카는 부드러운 말투로 이 말을 남기고는 탈의실 밖으로 나가 버렸다. 카토리와 나만 남겨진 공간에는 어떻게 손쓸 수가 없는 울적한 공기가 떠다녔다.

"……나, 못된 말을 해 버렸네."

"몰랐으니까 어쩔 수 없지. 나는 미나미가 나쁘다고 생각하지 않아."

"……고마워."

내가 레이스업 부츠에 발을 넣자 카토리도 팀버랜드 부츠를 신기 시작했다.

"아즈마, 잘 어울려."

"미나미도 리빙 어쩌고 하는 사람 같아."

"풋, 누군지도 모르면서."

"문 연다."

탈의실 앞에는 사치가 기다리고 있었다. 나의 시선이 자연스레 그녀의 다리로 가 버린다.

"우와! 굉장해!"

코스프레라는 차원이 다른 체험에 상당히 부끄러웠지만, 사치가 과장된 반응을 보여 주자 부끄러운 마음이 조금은 가라앉았다.

"좋네! 다들 옷은 갈아입었으니, 사진 찍자. 배경은 무슨 색으로 할까?"

"배경도 고를 수 있어요?"

"그럼, 그럼. 그래 봐야 하얀색과 초록색 둘 중에 하나 고르는 거지만."

"사치는 초록색이 좋아!"

"초록색? 자 그럼 칠판 앞으로."

"뭐야, 그런 거였어?"

학생 수준에 기대는 금물이다. 더욱 놀라운 건 '언니'가 손에 들고 있는 게 폴라로이드 카메라라는 것이었다. 사진관이라고 내걸었으면서 제일 중요한 카메라가 즉석카메라라니.

"자, 찍는다!"

찰칵.

셔터가 눌리자 본체에서 사각형 종이가 흘러나왔다. 그런데 아직은 아무것도 찍혀 있지 않아야 할 새하얀 종이에, 원래라면 있어서는 안 되는 검은 선이 그려져 있다.

"어머어머, 이 선은 또 뭐라니. 잉크가 샜나?"

'언니'는 카메라 본체를 해체하기 시작했다. 손이 점점 시커메진다.

"고칠 수 있겠어?"

왜 잉크가 샜을까, 애당초 왜 폴라로이드 카메라로 했을까, 왜 우리는 마지막에 이런 곳에 와 버렸을까, 시간이 흐를수록 후회가 소용돌이친다. 애가 타는 건 나뿐만이 아닌 듯했다. 카토리도 미카도 쿠루미도, 어울리지 않게 인상을 쓰고 있었다.

"이제 시간 없는데……."

쿠루미가 핸드폰으로 시간을 확인한다. 그리고 그대로 누군가에게 전화를 걸기 시작했다.

"신지, 지금 어디야?"

……불길한 예감은, 더 이상 예감이 아니다.

내가 알고 있는 신지가 아닌 다른 사람이기를 빌어 보지만 소용없는 일이었다.

"곧 동아리 선배가 와 준대. 항상 대회에서 사진을 담당하는 사람인데, 실력이 좋으니까 찍어 달라고 하자. 아즈마는 알지?"

"으, 응."

이제 빼도 박도 못하는 현실이 기다리고 있었다. 어차피 여기에서 만날 운명이었다면 카레 집에서라도 마음 졸이지 말걸 그랬다. 덕분에 고기 카레의 맛이 어땠는지 기억도 나지 않는다.

5분도 채 되지 않아 신지가 교실로 들어왔다. 조금 떨어진 곳에 있었는지 웬일로 거친 숨을 몰아쉬고 있다.

"미안해, 신지."

"멋지다! 엄청 큰 카메라를 가지고 있네."

"와 주셔서 감사합니다."

미카의 인사가 끝나자 카토리와 사치도 차례로 고개를 숙였다. 신지는 주머니에 넣었던 손을 얼굴 앞까지 가지고 와서는 "아니에요"라고 말하며 신사적으로 대응한다. 아하, 어떻게 보면 이 타이밍에 만난 건 행운일지도 모른다. 우리는 교복이 아니라 코스튬을 입고 있으니 말이다. 신지가 나를 보고 빙긋 웃었지만 잘 보이려고 괜히 오버하는 것 같지는 않아서 안심이 된다.

"정말 죄송해요! 고마워요! 흐엉……."

"당신, 그렇게 훌쩍거리는 거 아니야."

카토리가 앉아 있던 '언니'의 팔을 힘주어 끌어올리자 까까머리는 마지못해 고개를 들었다. 그의 얼굴에는 투명한 콧물이 맺혀 있었다.

"제가 왔으니 이제 안 울어도 돼요."

"오, 신지, 웬일로 든든한데?"

"쿠루미는 왜 수트야?"

"코스프레 사진관이니까."

"그건 아는데 왜 그걸 골랐어?"

"이게 제일 시스템 엔지니어 같잖아."

통일감이라고는 찾아보기 힘든 우리들은 칠판 앞에서 대열을 재정비했고, 신지는 목에 걸려 있던 라이카 카메라를 얼굴 높이까지 들어 올렸다. 파인더 너머로 그와 눈이 마주친다.

찰칵.

귀를 기울이지 않으면 들리지 않을 정도로 작은 셔터 소리가 울린다.

"자, 됐어."

"잠깐만, '하나 둘 셋'을 해주든지, 뭐가 됐든 말을 해 줘야 찍는 걸 알지."

"방금 쿠루미 얼굴 분명히 이상했어!"

찰칵.

"아니 그러니까아, 타이밍……."

"안심해. 사진 잘 찍었으니까. 쿠루미, 버블티 가게에서 누가 찾고 있으니까 옷 갈아입으면 얼른 가 보는 게 좋을 거야. 나도 뒷정리에 안 가면 애들이 화낼걸?"

쿠루미는 그 말을 듣자마자 탈의실로 뛰어들었고 신지는 교실로 돌아가 버렸다.

"뭐야, 쟤. 잘난 척하기는."

"방금 저 사람, 아즈마도 아는 사람이지?"

"아, 뭐······."

"어쨌든 찍었으니 잘됐잖아."

"그렇네. 우리도 옷 갈아입을까?"

카토리와 미카가 탈의실로 들어간다. 나도 따라 들어가려던 순간 발이 멈췄다. 쿠루미가 없어졌기 때문에 나까지 가 버리면 사치가 혼자 남겨진다.

"미안해, 사치. 금방 갈아입고 올게. 기다릴 수 있겠어?"

"응! 괜찮아!"

"그럼······."

"아즈마 언니, 그 옷 입어 줘서 고마워! 진짜 아이돌 같아!"

"······."

어른에게 들었을 때 기쁜 말을 찾는 것보다 아이에게 들었을 때 기쁜 말을 찾는 쪽이 더 쉽다는 생각이 든다. 입에 발린 말을 하기에는 아직 어리다고, 나는 그렇게 믿고 싶었다.

"만약 내가 진짜 아이돌이 된다면 기분 좋을 것 같아?"

"응!"

"그렇구나."

나는 몸을 앞으로 숙여서 사치에게 귓속말을 했다.

소녀는 "약속한 거다!"라고 말하며 내 얼굴 앞에 새끼손가락을 들어 보였다.

★

"아아, 그 휠체어에 탄 아이도 그렇구나."

"응."

"옷 잘 어울리더라."

"아이돌 의상은 귀여우니까. 그래도 그건 싼 티가 났어."

"학교 축제에서 뭘 기대해."

"역시 진짜를 입으려면 진짜가 돼야 하는 건가."

"카레는 어땠어?"

"왠지─인상에 안 남아."

"꽤 열심히 만든 건데. 감칠맛 내려고 비밀 재료도 넣고 말이야."

"맞다, 사진 찍은 거 보내 줘."

"이왕 찍은 거 현상해서 줄게."

신지는 커피 매직 덕분에 완전히 차분한 남자로 보이게 되었다. 하지만 이런 일상적인 대화를 하자고 그를 만난 게 아니다.

"다음에는 동서남북의 한가운데를 공격하기로 했어."

"오호, 그런데 중앙부에 어떤 학교가 있는지 모르겠네."

컵을 든 채로 건성건성 듣는 신지를 나는 한동안 말없이 바라보았다. 그에게는 나보다 커피의 우선순위가 더 높은 듯하다.

"왜 그래? 나 이상한 말 했어?"

"없어. 고등학교 같은 거."

"끙차."

신지는 등받이에 기대고 있던 몸을 세우더니 컵을 테이블 위에 내려놓았다.

"그러면, 타깃은?"

검은 뿔테 안경 안에 있는 초점이 가까스로 이쪽에 맞춰지자 본론으로 들어간다.

"오류성(翁琉城)."

"성? 그다지 효과적일 것 같진 않은데."

"지역 주민들은 벚꽃이 필 때 찾아가는 정도지만, 트립 어드바이저에서는 높은 평가를 받고 있는 곳이야. 작년에는 '외국인들에게 인기 있는 일본 관광명소 랭킹'에서 전국 12위를 했대."

"오, 외국인한테는 인기가 좋구나."

나는 가방 속에 숨겨 두었던 TV 정보 잡지를 꺼내 들고 '외국인이 선택한, 일본에서 좋았던 관광지 TOP 30'이라고 적힌 프로그램표를 가리켰다. 프로그램의 이름은 「리얼(본격적)로 물어본 일본의 진짜 스폿」이다. 뻔하디뻔한 타이틀이지만 인기 개그콤비인 '엎카레'의 시모다가 진행하는 것 같았다.

"이 방송이 뭐 어쨌는데?"

"이 방송에서 오류성을 다룰 거야. 그러니까 다음 주부터 우리는 오류성에서 일하는 거지."

"일한다고?"

"응. 외국인한테 통역하면서 안내해 주는 역할. 이야기는 미리

해 뒀어."

얼마 전 바바하우스에 갔을 때 바바 아주머니에게 성을 안내하는 봉사 활동을 하고 싶다고 상담했다. 조슈에서 20년 넘게 봉사 활동을 하고 있는 바바 아주머니를 통한다면 쉽게 접근할 수 있다. 아주머니는 적임인 사람을 소개해 주겠다고 했다.

"성이랑 같이 TV에 나올 생각이야."

"……그게 말처럼 쉽게 될까?"

신지의 어두운 표정에 갑자기 나까지 불안해진다.

"그냥 성을 안내하는 봉사 활동이잖아. 성 정보도 대부분 내레이션으로 소개될 거고. 통역 봉사 활동은 생각보다 많은 성에서 하고 있는 거라서 거기에 초점이 맞춰지기는 어려울 것 같아. 어떤 곳은 장군이나 닌자 같은 옷을 입는다고도 들었어. 게다가 취재일이 평일 낮이라면 이미 얘기는 끝나는 거 아냐? 설령 TV에 나온다 해도 어지간히 튀지 않는 이상은 아무것도 못 건질걸?"

구구절절 다 맞는 말이다. 그가 이런 이야기를 하는 것은 처음이다. 언제나 대부분 "재미있겠네", "잘해 봐"라고 말하며 응원해 주었다. 나는 오늘도 그런 말을 기대했던 것이다.

지금 테이블에 펼쳐 놓은 TV정보지는 표지에 끌려서 산 것이었다. 다섯 명의 아이돌 그룹이 얼굴 옆에 레몬을 들고 내게 미소를 보내온다. 괜히 나 혼자 그녀들이 나를 불렀다고 해석했을지도 모른다.

"그래도, 할 거잖아."

"응?"

"자기가 가려던 길에 벽이 나타나면 대부분의 사람은 다른 길을 찾으려고 해. 하지만 아즈마는 기어오르거나 부수는 사람이지. 멧돼지처럼 저돌적인 사람. 아니, 고질라에 더 가까운가?"

"여자애한테 고질라라니."

"미안, 미안."

당황하며 커피를 마시는 신지를 바라본다. 그는 언제나 논리정연하게 정리된 주장을 빠른 속도로 펼친다. 얼마 전에는 교복 치마 아래에 트레이닝 바지를 입는 것이 얼마나 해괴한 짓인지를 부르짖었다. 속이 시원해질 때까지 이야기를 늘어놓고 나면 바로 사과하고, 귀가 새빨개져서 멋쩍어 하는 것이 그의 패턴이다. 요즘 신지는 나를 잘 아는 것처럼 말하지만 나도 신지에 대해서는 거의 다 꿰고 있다.

"아즈마."

"왜?"

"한 가지 제안할 게 있는데⋯⋯."

7
라이벌

: 외국어로 말하는 할아버지

★

성 공격 기념일은 신지에게 계획을 털어놓은 지 정확히 일주일 후였다. 위풍당당하게 서 있는 오류성은 맑고 푸른 하늘을 등에 업은 채 나를 내려다보고 있다.

"잘 부탁해."

아크릴 판 너머에서 날아오는 매표소 언니들의 시선을 묵살하고 정문으로 발걸음을 옮긴다. 입장료는 제대로 지불했으니 이 정도 행위는 서비스 정신으로 관대하게 봐 줬으면 좋겠다. 시각은 10시 55분. 정해진 시간보다 5분 빨리 도착했다.

조슈 지방 어디에서나 볼 수 있는 오류성은 산꼭대기에 서 있었다. 나는 당연히 셔틀버스를 타고 갔다. 별 취미도 없는 등산 따위는 1년에 한 번이면 족하다.

"아지마 씨?"

"네?"

"아지마 씨 맞네요. 바바 씨한테 들었어요."

"아, 네. 아즈마입니다."

입구 부근에서 주뼛거리고 있는 나를 보고 고령자 세 명이 다가왔다. 할아버지와 비슷한 연배인가. 여든 전후로 보이는 이 할아버지는 틀니가 커서 입을 오므리기 힘들어 보였다. 목에 걸려 있는 회원증이 눈에 들어온다. 그렇구나, 이 사람이…….

"이타미 씨죠? 바바 아주머니께 말씀 들었습니다. 아즈마 유우라고 합니다. 잘 부탁드립니다."

"나야말로 잘 부탁해요."

오른손을 내밀자 이타미 씨의 주름으로 뒤덮인 가냘픈 손가락이 내 손을 감쌌다. 옆에 있는 다른 할아버지 두 분과도 악수를 나눈다.

"그럼, 저는 완장을 가지러 갈 테니까 나중에 봐요."

이런 말을 남기고 어디론가 사라져 버린 할아버지 한 분은 동그란 눈동자와 흰 피부에 불그레한 뺨, 포동포동한 체형이 무척이나 매력적이었다.

"이 활동을 할 때는 완장이 필요해요. 당번이 정해져 있는데 오늘은 아까 저 양반이고. 완장 당번이 된 사람은 정문에서 다른 사람 완장까지 같이 가지고 와요."

"그렇군요."

순간 엄격한 상하 관계를 의심해 버렸지만 당번제라는 이타미 씨의 말을 듣고 안심한다.

"그래, 이 근처에 있는 구다마쓰(下松) 뮤지엄에는 가 본 적 있나?"

갑자기 옆에서 날아온 질문은 이타미 씨가 아닌 다른 할아버지가 한 것이었다.

"구다마쓰 뮤지엄? 아직 안 가 봤어요."

"그렇군. 거긴 가 보는 게 좋아. 이건 이전에 갔을 때 찍은 사진인데, 이것 봐. 멋있지?"

나는 강제적으로 한 장의 사진을 손에 들었다. 사진에는 망가진 전투기가 찍혀 있었다. 나이가 더 들면 이 매력을 알 수 있게 되는 걸까.

"이봐 자네, 아지마 씨가 난처해하잖나. 자네 얘기는 됐어. 느닷없이 사진까지 내밀다니 무슨 뜻인지 모르겠구먼."

이타미 씨가 예리하게 꼬집자 군사 마니아 할아버지는 순순히 사진을 넣었다. 아무래도 이타미 씨의 서열이 가장 높은 모양이다.

"그나저나 아지마 씨는 영어라고 했죠? 할 수 있는 게."

"네."

"그러면 오늘은 조금 지루할 수도 있겠네요. 오늘 가이드할 분은 스페인 사람이거든요."

"스페인 사람……."

설마 스페인어로 가이드한다는 뜻인가.

그때 조금 전에 자리를 비웠던 완장 당번 할아버지가 종종걸음으로 돌아왔다.

"오래 기다리셨습니다. 완장 여기 있어요."

"고생했네. 그럼 나중에 또 보자고."

할아버지 두 분은 남쪽 문을 향해 걷기 시작했고 나와 이타미 씨만 이 자리에 남았다. 넷이서 같이 다니는 줄 알았는데 아니었나 보다.

"이타미 씨, 저 두 분은 어디로 가시는 거예요?"

"오늘 사전 예약자는 한 명뿐이라 담당자가 아닌 사람은 문 앞에서 말을 걸어요. 외국인 관광객을 보면 가이드가 필요하진 않은지 직접 물어본답니다."

헤어 모델을 스카우트하는 것만큼이나 힘들 것 같았지만 내가 상상했던 봉사 활동 가이드란 바로 이런 것이었다.

"그런데 저 양반은 눈치가 없어."

"하하하……."

어느 할아버지를 말하는지 짐작이 간다. 실버 사회도 어둠이 깊은 듯하다.

의뢰인은 시간에 맞춰 모습을 드러냈다. 그 온화해 보이는 용모에 안도한다. 스페인에서 온 한나는 스무 살의 여대생이었다. 내가 알아들은 내용은 여기까지고, 그 다음부터는 일본인 할아버지가 입을 떼더니 스페인어로 대화를 주고받기 시작했다. 즐거운 듯 대답하고 있는 한나를 보면 말이 잘 통하고 있는 것 같았다.

"천수각 안으로 들어가기 전에 오류성 역사부터 설명할게요."

나에게 한 마디 하고는 틀니로 꽉 찬 입에서 다시 스페인어가 튀어나왔다. 할아버지가 큼지막한 크로스백에서 파일을 꺼내자 드디어 봉사 활동 투어가 막을 열었다.

★

"이 오류성이 세워진 것은 전국시대가 끝날 무렵이었어요. 그때 무장들 사이에서는 자신의 힘을 과시하기 위해 화려한 성을 짓는 게 유행했는데, 이 성도 그 중 하나예요. 물론 짜임새도 아주 탄탄하답니다. 저기에 있는 구멍은 성가퀴(성벽에 만든 활을 쏘는 구멍-옮긴이) 라고 해요. 지금은 열려 있는 상태인데, 적이 공격해 오면 회반죽 으로 막아서……."

이타미 씨는 손에 들고 있던 파일을 쓰면서 5분 정도 설명했다. 스페인어를 알아듣지 못하는 나를 위해 일본어도 섞어 주었지만 그때마다 한나가 지루해 보이는 것이 마음에 걸렸다.

"그럼 이제 성 안으로 들어가 봅시다."

제1지점의 가이드가 끝나자 다시 이타미 씨는 앞장서서 걷기 시작했다. 보폭이 넓은 건지 성격이 급한 건지 모르겠지만 어쨌든 이타미 씨는 노인인데도 걷는 속도가 빠르다.

우리는 그 뒤를 따랐는데 한나는 요소요소에서 멈춰 섰다. 걷다가 멈추기를 반복했고 그때마다 가지고 있던 디지털 카메라로 사진을 찍었다. 이타미 씨와 한나를 번갈아 확인하면서 서로 떨어지지 않도록 조정하기란 쉬운 일이 아니었다.

천수각 안으로 들어가는 문 바로 앞까지 왔을 때 한나가 미안해하는 표정으로 카메라를 건넸다.

"플리즈."

흔쾌히 카메라를 받아 들고 뷰파인더에 눈을 갖다 대자 그녀가 웃었다. 엄지를 세우며 포즈를 잡은 순간에 셔터를 누른다. 한나의 꿈은 무엇일까, 파인더를 보면서 문득 그런 생각이 들었다.

천수각 안으로 들어서자 단숨에 인구 밀도가 높아졌고, 결국 여기에서 이타미 씨를 놓치고 말았다. 남겨진 나와 한나는 우선 성 안쪽으로 가 보기로 했다.

안내도를 보니 3층, 2층, 1층, 이렇게 위에서부터 내려오면서 관람해야 하는 것 같았다. 지금 나와 한나가 있는 1층은 기념품 매장이었다. 한나는 안내도 옆에 세워진 〈기부자 명단 비석〉을 보다가 무슨 뜻인지도 모르는 상태로 사진을 찍었다. 여기에 이름이 적힌 사람들은 얼마씩 기부를 한 걸까. 자릿수가 상상되지는 않았지만 많이 낸 사람의 이름부터 적혀 있을 것 같았다.

〈카토리 노부코〉

문득 제일 오른쪽 위에 있는 이름에 시선이 멈췄다. 설마. 나중에도 기억이 난다면 다음에 만났을 때 물어봐야지. 지금 굳이 핸드폰을 꺼내어 물어볼 정도로 궁금한 것은 아니다.

한나가 이제 가도 된다는 눈빛을 보내오자 나는 3층에 가기 위해 엘리베이터로 안내했다.

"아지마 씨."

"아, 이타미 씨. 다시 만나서 다행이에요."

정말이지 발이 빠른 할아버지는 먼저 엘리베이터 앞에서 기다리고 있었다. 만일 내가 계단을 선택했다면 어떻게 됐을까.

"자, 위로 갑시다."

오류성의 꼭대기 층은 전망대처럼 되어 있었다. 조슈는 물론 저 멀리 있는 바다까지 한눈에 내다볼 수 있다. 이타미 씨는 다시 파일을 열더니 가이드를 이어가기 시작했다. 조금 전과 마찬가지로 스페인어를 먼저, 일본어를 뒤에 사용하면서 조망을 설명한다.

"오늘은 맑아서 멀리까지 예쁘게 잘 보이네요. 이 성의 남쪽에는 강이 있어서 옛날에는 북쪽에 도피로를 만들었어요. 지금 보이는 저쪽이⋯⋯."

일본어로 설명하는 동안 한나는 3층 플로어를 몇 바퀴나 돌았다. 15시간 이상을 들여 일본까지 온 그녀가 배회하면서 시간을 때우게 하다니 마음이 무겁다. "이제 저는 간략하게만 들어도 괜찮아요"라고 말해볼까 했지만 할아버지의 심기를 불편하게 할 가능성을 생각하자 말을 꺼내기가 쉽지 않았다. 결국 한나가 기다려줌으로써 무사히 마무리되었다.

"어때요? 사는 곳인데도 몰랐던 게 많죠?"

"네."

"다행이다, 다행이야. 그럼 이제 2층으로 갑니다."

이타미 씨는 만족스러운 듯 미소 짓더니 다시 경이로운 스피드로 걷기 시작했다. 나는 한나를 데리고 노인 뒤에 바짝 달라붙었다.

계단을 내려가니 그곳은 미술관 같았다. 3층과는 전혀 다른 분위기에 거문고 음악이 흘러나오고 전시물이 늘어서 있다.

"WAO!"

한나가 쏜살같이 달려간 곳은 〈호타루마루 구니토시(蛍丸國俊)〉라고 적힌 일본도였다.

칼자루에서 칼끝까지 상당한 시간을 들여 관찰하더니 그녀는 주변을 아랑곳 않고 큰 소리를 내며 박수를 쳤다. 황급히 이타미 씨가 말을 걸자 한나는 상기된 목소리로 흥분을 전했다.

"하하하. 아지마 씨, 그녀는 이 일본도가 멋지다고 하네요."

그랬겠죠,라고 입 밖에 내지는 않았지만 그런 건 한나의 모습만 봐도 알 수 있기 때문에 통역은 노땡큐다.

"사실 이 일본도는 말이죠, 관광객들에게 제일 인기가 많아요."

외국인들의 취향이란 알 수가 없다. 일본도라고 해 봐야 그저 조금 더 큰 칼이 아닌가.

"역사를 좋아하는 사람들 사이에서는 환상의 검이라 불려요. 왜냐하면 이 검은 한동안 행방불명됐기 때문이죠. 무기몰수정책으로 징발된 줄로만 알았는데, 약 20년 전에 이 조슈에서 발견됐어요. 당시에는 엄청난 특종으로 다뤄졌지만 아지마 씨가 태어나기 전이니 아지마 씨는 모르겠군요. 호타루마루라는 이름의 유래는 아소 코레즈미(阿蘇惟澄)라는 무장이 꿈에서…….”

언어도 눈동자 색깔도 다른 나라의 사람이 좋아하는 이 칼의 가치는 내가 상상하는 것 이상으로 높을지도 모른다.

한나는 일본어 가이드가 끝날 때까지 일본도 옆에서 꼼짝도 하지 않았다. 도중에 지나가는 사람에게 부탁해서 칼 앞에서 사진을 찍기도 했다.

이 2층 플로어가 봉사 활동 가이드의 마지막 지점이었다. 천수각에서 머무른 시간은 한 시간에 조금 못 미치는 정도였다.

정문까지 한나를 배웅한 후 우리는 마지막 인사를 나눈다.

“그라시아스.”

초보적인 스페인어로 한나에게 인사를 하자 한나는 내 손을 잡았다.

“아지마, 코마워요.”

“풉.”

무심코 웃어 버릴 뻔한 나를 보고 한나는 “미안내요. 나 일본오찰 못해”라고 말하며 웃었다.

“NO! NO! VERY WELL!”

맑디맑은 스페인 사람에게 상처를 주었다면 순전히 틀니 할아버지 탓이다.

마지막으로 여자들끼리 수다를 즐기는 사이에, 따로 움직였던 군사 마니아 노인과 매력 할아버지가 나타났다. 한 시간 만에 보는 것인데도 왠지 반갑게 느껴졌다.

"이야, 오늘은 시원찮았어요."

매력 할아버지는 아쉬운 듯 말했다. 관광객 몇 명에게 말을 걸었지만 계속해서 거절당한 모양이었다.

"한나!"

눈치 없는 군사 마니아 할아버지가 스스럼없이 한나를 부른다.

"케탈?(어땠어요?-옮긴이)"

"무이비엔! 그라시아스! ······아블라 에스파뇰?(아주 좋았어요! 감사합니다! 스페인어 할 줄 아세요?-옮긴이)"

"운 포코(약간이요-옮긴이)."

노인은 백발을 긁적이며 쑥스럽다는 듯 웃고 있다. 정말, 끝까지 눈치 없는 할아버지다. 스페인 사람이니 아무 말이나 해도 상관없다고 생각한 것인가. 설마 더러운 말이 날아왔으리라고는 생각도 못 하고 있을 한나는 깨끗한 초록빛 눈동자를 가늘게 뜨며 웃고 있었다. 나는 이타미 씨의 뼈와 가죽밖에 없는 팔을 끌어당기며 귓속말을 한다.

"저 할아버지 역시나 눈치가 없네요. 한나한테 응가(うんぼこ, 운포코: 대변을 귀엽게 이르는 말-옮긴이)라고 하다니요."

"하하하."

이타미 씨는 입을 크게 열고 틀니가 다 드러나도록 웃었다.

"아지마 씨, un poco는 '약간'이라는 뜻의 어엿한 스페인어예요. 영어로 하면 a little이지요."

"앗, 그래요?"

설마 마지막에 이런 창피를 당하다니. 심지어 저 문제 할아버지까지 스페인어를 할 수 있을 줄이야. 왠지 분하지만 오늘은 나의 완패다.

"그런데 아지마 씨, 일본인이 자주 쓰는 '아노(あの, 저기. 스페인어 '항문(ano)'과 발음이 같다-옮긴이)'는 스페인 사람에게는 안 쓰는 게 좋아요. 그리고 카가 마리코(加賀まりこ, 일본의 중년 여배우. '카가 마리코'는 스페인어로 '게이야, 똥 싸라'라는 뜻-옮긴이)라는 말도요."

"무슨 뜻이에요?"

"하하하, 비밀이에요."

우리는 한나의 제안으로 마지막 기념사진을 찍었다. 사진 찍기에 좋은 이 성은 마지막까지도 좋은 역할을 해 주었다.

★

한나를 배웅한 후 어르신들은 당분을 보충하겠다고 했고 나도 그대로 동행하기로 했다. 완장 당번인 매력 할아버지는 완장을 반납한 후에 합류하는 모양이었다. 나는 다른 고령자 두 분과 함께 셔틀버스를 타고 역 가까이에 있는 오래된 찻집에 들어섰다. 우리보다 먼저 와 있는 노부부 한 쌍, 카운터 너머에 있는 사장님이 한 명. 세 분 다 환갑을 넘긴 것 같았다. 어르신들 사이에 이렇게나 둘러싸여 있다 보니 수명이 빨리지는 않을지 걱정이 된다.

잎담배가 잘 어울릴 듯한 사장님의 안내를 받고 우리는 앞에 있는 소파 자리에 앉았다.

"오늘 수고 많았어요. 해 보니까 어때요?"

"상상 이상으로 힘들어 보였어요. 이 일을 봉사 활동으로 하고 계시다니…… 존경스럽습니다."

"하하하. 기분 좋은 말이네."

이타미 씨는 사장님이 가져다 준 콜라 플로트를 바라보면서 행복한 듯 미소 지었다. 이대로 천국에 가 버리면 곤란해지니 대화를 이어간다.

"이타미 씨는 어디에서 영어와 스페인어를 배우셨어요?"

"오랫동안 무역에 관련된 일을 했어요. 영어, 중국어, 프랑스어, 독일어, 이탈리아어를 접할 기회가 많아서 어느샌가 자연스레 익히게 됐지요. 스페인어를 공부한 건 최근이에요."

"초인이시네요."

"아녜요. 그냥 지식을 습득하는 걸 좋아하는 것 같아요."

"연세가 들어도 기억력이 나빠지지는 않나요?"

"그만큼 시간적으로 자유로워져요. 나이 들면."

이타미 씨는 기다란 은수저로 얼음을 들어 조심스레 입으로 옮긴다.

공부란 미래의 자신에게 언젠가 도움이 될 때를 대비해서 하는 거라고 생각했다. 그게 전부가 아니라는 것을 이타미 씨의 삶을 통해 배운다.

"다음부터는 혼자서 할 수 있겠어요?"

"아, 네."

아무래도 빨리 실력을 키우는 게 좋을 것이다. 조만간 오류성 취재를 하게 될 때 이타미 씨는 틀림없이 나의 라이벌이 된다. 6개 국어를 구사할 수 있는 고령자는 상당한 강적이다.

"이타미 씨가 사용했던 파일, 저도 주시면 안 될까요?"

"이건 내가 내 스타일에 맞춰서 만든 거라 줄 수는 없어요. 그래도 매뉴얼은 줄 수 있으니 그걸 쓰세요. 다들 나름대로 머리 굴리면서 하고 있어요. 아지마 씨도 자신의 개성을 살려서 해 보세요."

"알겠습니다. 감사합니다."

"또 잘 모르는 점이나 궁금한 점 있어요?"

여기에서 말을 하는 게 좋을 것인가. 찻집에서 들은 신지의 제안은 오늘도 하루 종일 내 머릿속을 맴돌았다.

'제안이 뭔데?'

'나도 봉사 활동에 참여해도 될까?'

'이건 동서남북의 계획이야.'

'알고 있어. 하지만 나니까 동서남북에 힘을 실어 줄 수 있을지도 몰라.'

나는 숨을 깊게 들이쉰 후 이타미 씨를 향해 단숨에 내뱉는다.

"저기!"

"네?"

"저, 지지 않을 거예요. 여기 계신 분들께 지지 않을 만큼 좋은 가이드를 해 보이겠어요."

이타미 씨는 얼음과 하나가 된 콜라를 연신 홀짝거렸다. 후루룩후루룩 요란한 소리를 내다가 빨대에서 입을 떼더니 한동안 얼음만 남은 컵을 응시했다. 영구치의 수는 부족하지만 입맛은 젊은 사람인 듯하다. 코스터에 물방울이 세 방울 정도 떨어질 때쯤 이타미 씨는 고개를 들었다.

"……역시 젊은 사람은 패기가 있네요. 열심히 해요."

이타미 씨는 가방에서 두꺼운 자료를 꺼내 내 앞에 놓았다. 하나는 오류성에 관한 종이 자료, 다른 하나는 공익사단법인 일본관광진흥협회가 발행한 관광 봉사 활동 가이드의 매뉴얼 서적이었다. 묵직한 선물은 가지고 가는 것도 힘들지만, 가지고 오는 것도 힘들었을 것이다. 나는 별 수 없이 내 가방에 넣었다.

완장을 반납한 매력 할아버지가 뒤늦게 도착하자 이타미 씨는 두 번째 콜라 플로트를 주문했다. 군사 마니아 할아버지가 짬짬이 육해군의 이야기를 하며 끼어들었지만 끝까지 아무도 호응해 주지 않았다. 마지막에는 테이블에 놓인 종이 냅킨으로 코를 후비고 있었다.

"그럼 이제 갈까요?"

돈은 각자 내기로 하고, 계산을 먼저 한 사람부터 가게를 나선다. 노인치고는 생기발랄한 세 사람에게 작별 인사를 했다. 나의 다음 출동일은 다음 주 토요일이라고 한다.

"여보세요? 다음 주 토요일, 출동 요청합니다. 응, 맞아. 신지가 의외로 도움이 되겠다는 걸 오늘 해 보니까 알겠더라. 그나저나 휴대용 프린터 가지고 있어?"

★

스마트폰을 일단 귀에서 떼어 놓고 전파 상황을 확인해 보지만 전파에는 별 문제가 없어 보였다. 이타미 씨와 통화하려면 고난도의 리스닝 실력이 필요했다.

"아지마 씨, 꼭 와 줬으면 좋겠어요. 다음 주 목요일이나 금요일 중에 시간 돼요?"

틀니의 잡음과 섞여서 들리는 말은 아마도 이런 내용이었을 것이다. 부르는 이유가 무엇인지는 당연히 상상이 됐다. 하지만 시기는 조금 더 나중이 될 거라 생각하고 있었다.

매주 금요일은 카토리가 가정 교사에게 붙들리는 날이다. 그렇게 되면 목요일이 더 좋을 것 같지만 이번 주는 내가 꼬마에게 영어를 가르치느라 바바하우스에 가기로 되어 있었다. 최악의 경우에는 그쪽을 쉬면 되겠구나. 시험 기간이라 동아리 활동이 없는 쿠루미와, 연락하면 언제나 나오는 미카는 쉽게 올 수 있을 것이다.

"목요일에 학교 끝나고 가겠습니다. 오후 4시 이후에는 도착할 거예요."

당일 소집된 이타미 올스타즈는 총 일곱 명. 멤버는 이타미 씨

본인, 매력 할아버지, 나, 그리고 쿠루미, 카토리, 미카, 신지였다. "이타미 씨처럼 능숙하지 못해서"라는 말로 치고 들어가서 이대로 허락을 받자고 계획하기를 수 주간. 조력자랍시고 불러내어 머릿수를 늘려서 억지로 끼워 맞춘 감은 있지만, 이 네 명의 고등학생도 떳떳하게 봉사자 대열에 합류한 것이다. '눈치 없는 할아버지'로 익숙한 그 분은 오지 않았다.

"여러분, 오늘 와 주셔서 고마워요. 실은 지난번에 방송국에서 사무국으로 연락을 한 모양이에요. 방송에 성을 내보내고 싶다고 하네요. 오늘은 그…… 관계자 분이겠죠, 한 분이 도쿄에서 올 겁니다. 우리한테 이것저것 물어보고 싶은 것 같아요. 솔직히 저도 잘은 모르겠지만 잘 부탁해요."

"취재라는 말은 못 들었는데."

쿠루미는 나를 보며 입을 삐죽거린다.

"나도 못 들었어."

어쩌면 수화기를 통해 들었을지도 모르지만 귀에 잘 안 들어온 것은 이타미 씨의 전달 방법에 문제가 있었기 때문이다. ……이렇게 교묘하게 책임을 전가해서 기분을 달래자.

쿠루미가 취재를 거부할 거라는 것은 예상하고 있었다. 오히려 다른 두 사람을 걱정했지만 그는 기우였던 듯하다. 카토리와 미카는 취재라는 말을 들은 후부터 미소를 감추지 못했다.

어깨에 카디건을 두르고 색안경을 낀 아저씨가 등장하려나. 올스타즈가 오류성의 성문 앞에서 대열을 이루고 있던 그때 나타난 사람은, 나의 상상과 들어맞는 부분이 하나도 없는 인물이었다.

"늦어서 미안합니다! 엘믹스라는 제작회사에서 AD를 맡고 있는 코가라고 해요. 오늘 잘 부탁드립니다!"

스물 전후로 보이는 여성은 등에 멘 가방이 앞으로 미끄러져 쏟아질 정도로 허리를 깊이 숙여 인사했다. 말투는 발랄했지만 억양이 다소 부자연스럽게 느껴진다.

"코가 씨. 이런 시골까지 오느라 고생했어요."

"아닙니다!"

"무척 젊으시네요. 놀랐어요."

감탄하는 매력 할아버지에게 AD 코가는 "이래 봬도 스물넷이에요."라고 대답했다. 20대 중반이라면 한창 멋에 민감할 텐데 그녀는 화장조차 하지 않았다. 얇은 소재의 체크 셔츠는 주름으로 구깃구깃했고 화려한 배색의 나이키 스니커는 운동회에 갔다 왔나 싶을 만큼 더러웠다. 머리카락도 금발이기는 했지만 리터치 염색을 오랫동안 하지 않은 탓에 정수리 부분은 원래 색깔인 검은색이 침식하고 있었다. 눈썹은 마치 필요 없다는 듯 죄다 깎여 있어서 인상이 상당히 나쁜 편이었다. 정말 이 사람은 도쿄에서 온 게 맞을까.

"긴 여행이었죠? 차라도 마시면서 천천히 이야기하지 않으시겠어요?"

항상 싱글벙글이라 감정 변화를 읽기 어려운 이타미 씨는 오늘도 여전하다. 하지만 처음 보는 헌팅캡과 들뜬 목소리를 보면 상당히 힘이 들어가 있다는 걸 알 수 있다.

올스타즈와 눈썹 없는 AD는 성 부지 안에 있는 찻집으로 이동했다. 사람 수에 맞춰 말차와 화과자 세트를 주문한 후 이타미 리더는 책상 가득 자료를 늘어놓기 시작했다.

"이렇게나 많다니! 진심으로 감사합니다."

AD 코가는 그 중 한 권을 손에 들었지만 네다섯 페이지 넘겨보고는 곧바로 원래 위치에 놓아 버렸다.

"아, 그런데 파일로 보내 주세요! 나중에 주셔도 괜찮으니까요!"

"……알겠습니다."

온화한 일흔일곱 어르신도 역시나 표정이 살짝 일그러졌지만 코가는 주눅 드는 기색 없이 노트북을 켰다. 화면에는 이미 몇 개의 질문이 적혀 있었다.

"자, 그럼 몇 가지 질문을 드리겠습니다! 평소 여러분은 어떻게 가이드를 하세요? 이타미 씨부터 부탁드립니다."

"네, 네. 음, 직접 보여드리는 게 제일 이해하기 쉬우실 텐데……. 입으로 설명하자니 어렵네요. 가만있자, 가방 안에 항상 쓰는 파일이 있으니까 그걸……."

가이드 할 때도 말을 길게 하는 이타미 씨가 이런 순간에 답변을 짧게 할 리 없다. AD 코가의 손끝에서 나는 기분 좋은 타이핑 소리와 노인의 지루한 설명은 원래라면 졸음을 부르는 조합이지만, TV 프로그램 미팅이라면 이야기는 달라진다.

이타미 씨 차례가 끝나자 매력 할아버지가 부연 설명하는 식으로 가볍게 이야기했다. 다음은 우리들 순서였다. 생각할 시간은 충분히 있었는데도 막상 코가와 눈이 마주치니 입이 떨어지지 않았다.

"그게……."

"고등학생 친구들은 사진 서비스를 하고 있다고 들었는데, 자세히 설명해 줄 수 있어?"

사전에 정보를 입수한 것인가. 나는 작게 벌린 입을 일단 닫고 눈짓으로 신지에게 패스했다. 이 질문에 대해서는 그에게 맡기는 편이 좋을 것이다.

"아, 네. 오…… 오류성에는 사진 찍기 좋은 장소가 몇 군데 있어서, 거, 거기에서 기념사진을 찍거나…… 그, 그리고 가이드를 받으면서 구경하는 모습도 찍어드리고 있습니다. 혀, 현…… 지, 지금은 무선 소형 프린트가 있어서 그걸 쓰, 쓰면 돌아가실 때 현상해서 드릴 수 있어요. 음…… 저는 원래 사진을 찍는 걸 좋아해서 제 실력도 키울 수 있기 때문에 즐거운 마음으로 하고 있습니다."

"오, 그렇군."

코가는 연신 고개를 끄덕였다. 상당히 좋은 반응이다. 신지의 횡설수설 두서없는 답변이 오히려 고마웠다. 덕분에 부담이 사라지면서 편하게 이야기할 수 있게 되었다.

"카메라 담당은 저, 저지만 가, 가이드는 저 친구가……."

신지가 나를 가리키자 그곳에 있는 모든 사람의 시선이 모여들었다. 어깨는 가만히 둔 채 조심스레 심호흡을 한다. 인정하고 싶지는 않지만 웬일로 손에 땀이 배어나는 것 같았다.

"아즈마입니다. 잘 부탁드립니다."

"아즈마, 잘 부탁해. 아즈마는 영어를 할 수 있는 거야?"

"네. 해외에서 산 경험이 있어서 영어로 얘기하는 건 일단 제 역할입니다. 하지만 역사에는 터무니없이 약하기 때문에 가이드 내용은 다른 친구들이 같이 생각해 줍니다."

'다른 친구들'이 가리키는 세 명의 얼굴을 코가는 차례대로 둘러본다.

"……억수로 예쁘네."

쿠루미는 고개를 까딱 숙이고 카토리와 미카는 자랑스러운 듯 미소를 머금었다.

"당신, 좋은 사람이군요. 저는 카토리예요. 잘 부탁해요. 옆은 쿠루미, 그 옆은 미카."

"안녕하세요."

기분이 좋아진 카토리가 돌연 대화를 주도하기 시작한다.

"코가 씨는 간사이 분이신가요?"

"아, 사실은 맞다. 사투리 안 쓸라 캤는데."

"어머, 굳이 그럴 필요 없는데."

"참말이가?"

"참말이죠. 애초에 처음 인사했을 때부터 억양이 부자연스러웠어요. 당신은 표준어를 쓴다고 생각했겠지만요."

"들켜뿐네."

건방진 공주님 여고생은 상대가 누가 됐든 아랫사람을 대하는 듯한 말투를 쓴다. 물론 본인은 자각하지 못한다는 점이 옥에 티다. 어지간한 대인배가 아니고서는 그녀와 처음 만난 자리에서 두 마디 이상을 섞기가 어려울 것이다. AD 코가는 말투와 외모를 보면 기가 셀 것 같았지만 미소로 대응하는 모습을 보니 꼭 그렇지만도 않은 것 같다는 생각이 든다.

"아가씨 캐릭터 매력 있네. 그라믄 지금부터 그냥 편하게 말하겠습니데이. 음, 하나 궁금한 게 있는데, 다 교복이 다른 이유가 뭐꼬? 같은 학교 친구들인 줄 알았는데."

"저희는 같은 봉사 활동 단체에 소속되어 있어요."

자세히 설명하면 길어질 이야기지만 간결하게 정리하자면 이렇게 둘러대는 게 현명했다. 최근 1년간의 일들을 빠짐없이 설명하려면 시간과 테크닉이 다소 필요하다.

"아! 글나, 거기에서 친해졌는 갑네."

"그렇습니다."

"아즈마의 설명을 보충하자면 우리는 동서남북에서 오류성으로 왔어요. 내 이름은 카토리지만 남쪽에서 와서 미나미(南)라고 불리고 있답니다."

"뭐꼬 그거, 끝내주는데? 그 소개 재미있으니까 방송에 넣고 싶다. 디렉터랑 상담 쫌 해야겠네."

"정말요? 꼭 부탁드려요."

나는 온 성의를 다해 손을 모았다. 이때 걱정했던 쿠루미를 슬쩍 보니 웬일인지 그녀는 나의 부탁에 동조하듯 AD 코가를 향해 인사하고 있었다. 마음이 바뀐 건지, 아니면 싫어하는 척 했지만 속내는 그게 아니었던 건지는 잘 모르겠다. 어느 쪽이 됐건 나에게는 잘된 일이었다.

질문이 끝나자 AD 코가는 모든 비용을 다 계산했다.

"도쿄 사람은 역시 부자구먼."

매력 할아버지가 농담조로 중얼거린다.

찻집을 나서자 생각보다 하늘이 어둑어둑했다. 오늘은 우산을 가지고 오지 않았는데 비가 쏟아질 것 같았다. 실버 콤비가 우리 완장까지 반납해 주겠다고 하셔서 감사히 부탁드렸다. 올스타즈는 이로써 해산하게 되었다.

"놀랐어. 설마 오류성에 취재를 올 줄 알았니. 우리 TV에 나오는 걸까? 다 같이 나오면 재미있을 것 같아."

"나는 사양할게."

"어머, 무슨 소리야. 신지가 없으면 안 되지."

뒤를 돌아보니 신지와 카토리가 나란히 걷고 있었다. 카토리의 아무렇지 않은 한마디에 신지가 조용히 기쁨을 곱씹고 있다.

"다들 완전히 친해졌네."

내 오른쪽에서 걷고 있던 쿠루미도 두 사람을 보고 미소 지었다.

"그러게."

한 가지 걸리는 것이 있다. 취재 중간부터 미카가 이상하다. 평소의 미카라면 카토리가 이야기를 하는 동안 웃으면서 끄덕이고 있어야 하는데, 내 왼쪽에 있는 그녀는 대화에 참여하고자 하는 기색조차 없었다. 그러기는커녕 누군가 자신을 봐 달라는 듯 대놓고 땅만 바라보고 있다. 그러고 보니 이 느낌, 분명히 예전에도 받은 적이 있다. 대체 무엇이 그녀를 이렇게 만든 걸까.

"미카, 무슨 일 있어?"

"……."

나의 물음에도 그녀는 입을 닫은 채 눈도 마주치지 않는다.

"AD 코가 씨 구두 봤어? 주황색이랑 보라색이랑 초록색이었어. 독버섯 색깔."

"……."

"왜 그래, 아무 말도 없이……."

"……아아! 답답하니까 지금 기분 그냥 말해도 돼?"

미카가 갑자기 소리를 치자 그 자리에 있던 사람들의 위험 센서가 발동했다. 모두 맞추기라도 한 것처럼 멈춰 선다.

"……뭔 ……데?"

"어차피 우리는 그냥 봉사 활동 동료라며."

"응?"

"아까 아즈마, 코가 씨가 물어봤을 때 그렇게 말했잖아. 우리는 봉사 활동 할 때만 만나는 사이인 것처럼 말이야."

"아냐, 아냐. 그냥 간단히 설명하려고 그렇게 말한 거야. 그, 그렇게 말하면 금방 이해되잖아."

"우리는 원래 친구였으니까. 그걸 분명하게 얘기해 줬으면 했어."

"……."

그랬다. 분노의 원인은 나에게 있었다. 나는 대꾸할 말을 찾았지만 이내 포기했다. 혈압이 오른 상대와 대화할 때는 시간을 두는 것이 현명하다.

"뭐 어때. 아즈마도 나쁜 뜻이 있어서 그런 건 아니잖아?"

카토리가 곁들어 주자 나는 얌전히 끄덕였다.

미카는 아무 말 없이 걷기 시작했다. 그녀는 옛날부터 이렇게 일일이 신경 써 줘야 하는 성격이었나. 우리도 다시 걷기 시작한다. 이루 말할 수 없이 발걸음이 무거웠다.

사흘 정도 지나면 미카의 분노도 가라앉을 것이라 생각했던 나는 그대로 그녀를 방치했다. 실제로 관계 회복에는 그다지 시간이 걸리지 않았고, 다음 날 사과의 말과 함께 취재를 향한 열정을 드러낸 메시지가 도착했다. 하지만 모든 일이 순조롭게 풀리기는 어려운 모양이다. 촬영 당일, 쿠루미는 오류성에 모습을 드러내지 않았다.

★

"엄마, 곧 시작해!"

빨래를 하고 있는 엄마를 향해 소리친다. 서두르는 모습도 없이 행주로 손을 닦으며 소파에 앉는 엄마를 등 뒤의 기척으로 느꼈다.

"유우, 그렇게 가까이에서 보면 눈 나빠져."

"노 프라블럼."

긴장한 모습을 엄마에게 들키지 않도록 50인치 TV를 바라본 상태로 대답한다. 내가 앉은 위치는 확실히 TV와 가까웠지만, 이제 와서 자리를 옮길 바에야 눈이 나빠지는 게 더 나았다.

– 자아, 시작합니다! 리얼(본격적)로 물어본 일본의 진짜 스폿!

사회자인 업카레의 시모다가 타이틀 콜을 외치자 크레인 카메라가 멀어져 갔다. 스튜디오에 있는 네 명의 게스트가 화면에 잡힌다.

– 저 한마디 해도 돼요?

– 오오, 뭐야. 시작하자마자 하고 싶은 말이 있는 것 같네.

– 타이틀 좀 그렇지 않아요? 물어'본', 일'본'에서 음을 맞췄으니까 '본격적'도 그대로 하면 될 텐데 왜 거기만 바꿨대요? '본격적'이라고 쓰고 '리얼'이라고 읽게 하다니 엄청 촌스러워요.

– 촌스럽다고 하지 마. 제작진들한테 사과해.

평소답지 않게 미적지근한 업카레의 시모다의 구박과, 어거지로 삽입된 인위적인 웃음소리가 TV에서 서글프게 흘러나온다.

– 그럼 바로 VTR을 보시죠.

– 오늘 소개할 스폿은 오류성. 조슈 지방이라 불리는 이 지역에는 과거에 수많은 성이 있었습니다. 하지만 지금까지 남아 있는 건 이 오류성뿐. 많은 관광객이 찾는 이 성은 지역 주민들의 사랑도 받고 있습니다.

성의 클로즈업과 함께 흘러나오던 내레이션이 끝나자 지난번에 같이 촬영했던 아나운서가 등장했다.

－자, 저는 지금 오류성에 와 있습니다. 여기에는 무려 일흔일곱의 연세에 6개 국어가 가능한 초명물 가이드가 있다고 하는데요, 오늘 이 자리에 와 주셨다고 하니 얼른 모셔 보겠습니다. 이타미 씨!

높은 목소리로 부르자 헌팅캡을 쓴 노인이 화면에 나타난다. 이타미 씨는 실제로 스페인어, 중국어로 자기소개를 했다.

－이타미 씨, 감사합니다.

초명물 노인은 벅찬 표정으로 떠나갔다. 오류성에 대해 장황하게 설명한 부분은 통째로 편집된 듯하다. 자막으로 커버할 수 없을 만큼 말이 빨라서인지, 아니면 그저 이야기가 너무 길어서인지, 이유는 알 수 없다.

－오류성에는 이 외에도 매력적인 가이드를 하고 있는 분들이 있다고 합니다. 심지어 그 분들은…… 학생입니다! 이야기 들어 볼까요? 어서 오세요.

매일 보고 있는 내 얼굴과 익숙한 얼굴들이 마침내 화면에 나타났다. 방송이 시작한 뒤로 줄곧 상승하고 있던 심박수가 최고치에 달한다.

－잘 부탁드립니다아!

네 사람이 아나운서 옆에 서자 한 명 한 명의 이름이 자막으로 표시되었다. 카토리 란코, 카메이 미카, 쿠도 신지, 아즈마 유우……. 나는 드디어 방송 데뷔에 성공한 것이다.

- 여러분은 방과 후나 학교 쉬는 날 여기에 와서 봉사 활동으로 가이드를 하시는 거죠?

- 맞아요. 처음 만난 사람과의 교류가 얼마나 즐거운지 모른답니다.

카토리의 한 마디가 끝나자 화면이 스튜디오로 전환되었다.

- 으아, 저 말투는 뭐야!

패널로 나온 개그맨이 카토리의 말에 딴지를 걸었다. 뒤에서 엄마의 웃음소리가 들려온다.

- 여러분의 가이드는 역할이 나눠져 있다고 들었어요.

- 네. 저는 커뮤니케이션 담당이고 이 파일을 써서 영어로 설명합니다.

기억과 화면 속 내가 겹쳐졌다. 눈앞의 액정에 커다랗게 비치는 인물은 확실히 내가 맞았지만 왠지 낯설게 느껴졌다. 다른 사람 눈에는 이렇게 보이는 것인가. 거울이나 핸드폰 화면으로 보는 얼굴보다 훨씬 별로였다.

신지의 인터뷰로 넘어가자 다리에 쥐가 났다는 것을 알게 되었다. 꽤 오랫동안 무릎을 꿇고 앉아 있었던 모양이다.

- 저…… 저는 사진을 담당하고 있습니다.

잔뜩 올라간 신지의 어깨는 일부러 저러나 싶을 만큼 부자연스러웠다.

찰칵.

TV 화면을 스마트폰 카메라로 찍은 뒤 메시지 한 줄과 함께 신지에게 보냈다.

〔자밀라(「울트라맨」에 나오는, 어깨와 얼굴이 붙어 있는 괴물-옮긴이) 발견!〕

- 고등학생 친구들 감사합니다.

메시지를 보냈을 무렵에는 우리 순서가 이미 끝나 있었고, 아나운서가 오류성을 둘러보는 영상이 나오고 있었다. TV에서 보는 것보다 실물이 더 여리여리하고 사근사근한 분위기였는데, 하며 촬영 당일을 떠올린다.

"너희 방송은 끝났네."

"응."

나는 쥐가 난 다리를 절뚝거리면서 바닥에서 소파로 자리를 옮겼다.

"로봇 콘테스트에 나갔다던 그 친구는? 항상 같이 다니잖아."

"그렇긴 한데 이날은 안 왔어. 시간이 지나도 안 오고 전화를 걸어도 연결이 안 돼서 얼마나 난처했는데. 전날 핸드폰을 잃어버렸다고 하더라고."

"저런, 걱정했겠네."

"응. 하마터면 인터뷰 못 할 뻔했어. 다들 쿠루미를 찾으러 가겠다고 해대서."

"……그걸 걱정했니."

"무슨 뜻이야?"

"글쎄다, 엄마는 빨래나 마저 해야지."

오류성 VTR이 끝나고 다시 스튜디오 영상으로 돌아오자 절망적일 정도로 말이 빠른 개그맨이 이타미 씨에게 일방적인 승리 선언을 하고 있었다. 스튜디오는 화목한 분위기에 휩싸인다. 방송 엔딩에는 프로그램 홍보차 출연한 배우 게스트가 우리를 칭찬했다. 쿠루미 없이 이 정도의 성과를 내다니 그야말로 만만세다.

　　방송 다음날, 비가 옆으로 들이치며 세차게 내렸지만 웬일로 기분은 좋았다. 가방에는 수건과 고데기를 넣어 둔 상태다. 그리고 이 날은 평소보다 등교도 늦게 했다.

　　"어제 봤어!"

　　"영어 엄청 잘하더라, 멋있었어!"

　　교실에 들어서자 기다리고 있던 반 친구들에게 둘러싸였다. 복도에서는 처음 보는 학생이 말을 걸기도 하고, 매점에서 줄을 서 있을 때는 여자 후배가 사진을 같이 찍자고 하기도 했다.

　　방송 후 이틀째, 나는 일찍 일어나 화장과 헤어 세팅에 배 이상의 시간을 들였다. 등하교 때 언제 나를 보아도 상관없도록 항상 눈을 크게 뜨고 걸었다.

　　방송 후 5일이 지났을 무렵, 나는 깨달아 버렸다.

　　"어머, 아즈마 유우네. 학교에서 오는 길이야?"

　　"네. 안녕하세요."

　　"요전에 방송 봤어. 기특하구나. 학교 다니면서 봉사 활동을 하다니."

"감사합니다."

"무슨 일 있어? 표정이 어둡네."

"아뇨, 아무 일도 아니에요. 안녕히 계세요."

이제 그 일에 대해서 언급하는 것은 이웃에 사는 어르신들 정도뿐인가. 방송 후 일주일이 지나자 전과 달라진 것이 없는 듯한 나날이 반복되는 것에 화가 나지 않을 수 없었다.

나는 상황이 바뀌기를 기다리고 있었다. 하지만 그런 날은 기다려도 오지 않는 게 아닐까. 달라지고 싶다고 생각했던 날부터 나는 이렇게나 많이 달라졌는데.

시청률이 8퍼센트인 방송에 나와서 800만 명이 나를 봐 주었다 해도, 800만 명이 그걸 잊어 버린다면 남는 건 아무 것도 없다. 시골 안에서 모인 우리들이 시골 안에서만 유명해질 뿐이었다.

그 사실을 깨달아 버린 날 밤, 어떻게 해야 꿈이라는 걸 이룰 수 있을지 곰곰이 생각했다.

– 설마 붙을 거라고는 생각 못 했어요. 우연히 신청했는데 붙어 버렸거든요. 하지만 그때 오디션을 보지 않았다면 저는 여기에 없겠죠.

나의 동경. 예쁘장한 검은 단발머리인 그 사람은 인터뷰에서 이렇게 말했다. 같은 인간인데도 사는 세계가 달라 보였다. 만족할 수 있는 자리에 서 있겠지. 그러니 갈림길에서의 선택이 옳았다고 단언할 수 있는 것이다. 저렇게나 자신감에 찬 표정으로.

나는…… 어디서부터 잘못된 것일까.

방송이 나가고 난 뒤로 내가 오류성에 가는 일은 한 번도 없었다. 이타미 씨의 전화도 죄다 무시했다. 하지만 계속해서 울리는 벨소리에 마음의 고통만 커질 뿐이었다. 나는 마지못해 통화 버튼을 눌렀다.

"……여 ……여보세요."

"아아, 아지마 씨. 드디어 받았네요. 요즘 바빠요?"

"공부 시간을 조금 더 늘렸어요."

나는 침대에 누운 채로 노인에게 거짓말을 한다.

"그렇군요……. 실은, 만나 줬으면 하는 사람이 있어서요. 조만간 다시 와 주지 않겠어요?"

나에게는 이미 봉사 활동을 하고 싶다는 마음이 남아 있지 않다. 아무런 보상도 없이 다른 사람을 위해 움직일 수 있을 만큼 성품이 좋은 사람은 아닌 것이다.

"상황이 허락하면 갈게요. 시간 될 때 연락드리겠습니다."

어차피 신참 봉사자를 소개할 생각이겠지. 신참이라고 해 봐야 고령자겠지만.

나는 그날 밤, 연락처 목록에서 이타미 씨의 번호를 삭제했다.

동서남북이 모이는 빈도도 줄었다. 그래도 일주일에 한 번은 푸드 코트에서 실없는 이야기를 나눴다. 촬영 때 오지 않았다고 해서 쿠루미와 어색해지는 일은 없었다. 책망하고 싶은 마음은 있었지만 관계를 유지하면서 그런 말을 하는 방법을 알지 못했다.

오늘도 무의미한 학교생활이 끝났다. 방과 후에는 화장실이 비어 있어서 화장을 하기 좋다. 라이터로 뷰러를 지진 후 뜨거울 때 속눈썹을 끝까지 올리면 완성이다.

로퍼를 신고 걷기 시작해서 교문이 보이기 시작하던 그때, 발에 급제동이 걸렸다. 나는 지금 저기에 서 있는 인물을 알고 있다. 하지만, 그녀가 어째서…….

"아아, 아즈마! 반갑데이!"

"코가 씨! 왜 여기에 계세요?"

"오늘 쉬는 날인기라."

"쉬는 날…….."

오늘 그녀는 전에 만났을 때보다 더 예뻐진 모습이었다. 눈썹은 그려져 있고 베이스 메이크업이 잘 되어 있어서 기름진 느낌도 없다. 밝은 톤의 머리카락도 뿌리까지 염색되어 있었다.

"그래서, 너희 만나러 왔다 아이가. 3년차 직장인, 벼랑 끝에 서 있는 AD가 부탁이 있다."

AD 코가가 허리를 숙이니 가방이 기세 좋게 앞으로 미끄러진다. 다급히 그녀를 도와주자 AD 코가는 겸연쩍은 듯 웃었다.

8

구세주

: 꿈을 향해 한 발짝

★

"진짜일 리 없어……. 이런 달콤한 이야기……."

너무나도 갑작스럽고 놀라운 제안을 받은 나는 혀를 깨물었다. 아픔도 느껴지고 피 맛도 확실히 난다. 코가가 했던 이야기는 내 귀로는 제대로 들어온 것 같았지만 뇌는 이미 과열된 상태라 이해도 정리도 되지 않았다. 시간이 흐르면서 상황을 곱씹어 보자 심장 쪽에서 무언가가 복받쳐 오르는 것이 느껴진다. 사람에 따라서는 그게 눈물로 바뀔지도 모르겠지만 나는 또렷한 시야로 하늘을 올려다보고 있었다. 앞으로 아무리 비싼 생일 선물을 받는다 해도, 기억에 남을 정열적인 프러포즈를 받는다 해도, 이 감동을 넘어서는 일은 없을 것 같다.

"코가 씨, 제게 맡겨 주세요."

나는 코가를 데리고 푸드 코트로 가는 걸음을 재촉했다. 세 사람은 늘 앉는 자리에서 여유 있게 쉬고 있었다.

"늦어서 미안해."

"어머, 이 분은!"

이변을 가장 먼저 알아챈 카토리가 자리에서 일어나며 오늘도 극적으로 놀라움을 표현했다. 충격을 받으면 눈, 코, 입을 크게 여는 것 말고는 표정의 레퍼토리가 없다.

"어째서 여기에?"

"그럼 코가 씨, 설명 부탁드릴게요."

코가는 과하게 큰 목소리로 "네!" 하고 대답했다. 오늘 푸드 코트에는 사람이 별로 없었다. 그녀의 대답은 멀리까지 울려 퍼졌고 푸드 코트에 같이 들어서 있는 미스터도넛의 직원이 이쪽으로 이상하다는 눈빛을 보냈다.

"저, 실은 내가……. 이전에 취재했던 프로그램 외에도 다른 프로그램을 하나 더 하고 있거든."

……코가가 몸담고 있는 또 하나의 프로그램. 그것은 누구나 들어본 적이 있을 금요일 심야 예능 프로그램이었다. 시작한 지 5년이 되었는데 올해 들어 시청률 부진에서 헤어 나오지 못하는 모양이었다. 그래서 지난주 회의에서 구성을 처음부터 다시 짜기로 했다는 결론이 났다고 한다.

"있제, 그 방송에 출연해 주면 안 되나?"

"우리가요?"

"내는 이제 끝이라고 생각했는데 그때 마침 오류성에서 너희를 만났다 아이가. 기획 회의 때 재미있는 애들을 찾았다고 얘기했다. 그랬더니, PD가 그러면 네가 진행해 보라고 말해 주드라. 지금까지는 내가 뭘 주도해 본 적이 없었거든⋯⋯. 이게 처음 잡은 기회라 안 카나. 꼭 좀 부탁할꾸마."

동기들은 속속 AD에서 디렉터가 되고, 거기에 채찍질을 당하듯 선배들이 "역시 넌 방송 제작이랑은 안 맞는 것 같네"라고 하며 빈정댄 것이 지난달의 일이라고 했다.

AD 코가 또한 꿈을 이루기 위해 몸부림치면서 초조해 하고 있었다.

"으음⋯⋯."

쿠루미가 볼을 부풀리며 고개를 갸웃거린다.

"하지만 학교도 다녀야 하잖아."

"쿠루미네 학교는 연예 활동 금지야?"

"그건 나도 몰라. 전례가 없으니까."

전례가 없는 것은 우리 학교도 마찬가지다. 쿠루미가 다니는 니시 테크노 고등전문학교는 교복도 없고 머리카락 색깔도 귀걸이도 규제하지 않으니 오히려 히가시 고등학교보다 교칙이 자유로울 터였다. 우리는 아르바이트도 방학 때만 할 수 있지만 고등전문학교는 특별한 제약이 없다. 니시 테크노에서 금지된다면 미카가 다니는 학교도, 카토리가 다니는 공주님 학교도 허가가 떨어질 리가 없는 것이다. 그런데 얼마 전에 내가 방송에 나왔을 때는 담임 선생님도 학생주임 선생님도 주의를 주지 않았다. 봉사 활동중에 노출된 것이라 그랬을까. 이유야 어찌됐든 히가시 고등학교의 학생 수첩에는 금지라고 적혀 있지는 않았다.

쿠루미는 학교를 구실 삼아 도망가려는 게 아닐까. 오류성을 취재하던 그때처럼 말이다. 하지만 이번에는 그렇게 쉽게 놓아줄 수 없다.

"내가 이렇게 부탁한데이. 녹화일도 너희한테 다 맞추고, 부모님들께도 제대로 설명할게. 동서남북이라는 캐치프레이즈가 필요한기라. 그라니까 꼭 다 같이 나와 줬으면 좋겠다."

코가는 또 한 번 고개를 숙였다. 저러는 게 오늘만 몇 번째인지 모르겠다. 저 정수리를 얼마나 더 봐야 다들 받아들여 줄까.

쿠루미는 내내 표정이 어둡다. 다른 두 사람도 선뜻 입을 떼려고 하지 않았다. 그동안 코가는 꼼짝없이 고개를 숙이고 있어서 나라도 무슨 말이든 해야 했다.

"얘들아, 코가 씨도 일부러 여기까지 와 줬으니까 도와드리자."

"……나는 찬성이야."

테이블에 팔꿈치를 괸 채로 미카가 가만히 손을 든다.

"코가 씨, 마음은 알겠으니 이제 고개는 들어 주세요."

카토리의 말에 코가가 자세를 고쳤지만 표정은 밝지 않았다.

"어떻게 할 건지 구체적으로 말씀해 주시겠어요?"

"응. 그라믄 지금 생각하고 있는 걸 얘기하꾸마."

일주일에 한 번, 30분짜리 방송. 코가가 우리에게 부탁한 것은 그 안에 있는 작은 코너였다.

도쿄에서는 매주 다양한 페스티벌이 열린다고 한다. 야외 음악 페스티벌은 이미 널리 알려진 여름의 연례 행사지만, 계절을 불문하고 먹거리 축제인 고기 페스티벌과 매운맛 페스티벌, 최근에는 점(占) 페스티벌이라는 것까지 있다고 했다.

지금 코가가 생각하고 있는 기획은, 고등학생인 우리가 다양한 페스티벌에 찾아가서 참가자와 방문객을 상대로 즉석 인터뷰를 하는 것이었다. 인기 탤런트라면 인파에 둘러싸여서 현장에 혼란을 초래할 위험이 있고 인기 없는 개그맨이라면 취재를 거부당할 수도 있으니, 그야말로 알려지지 않은 여고생들이 제격이라고 코가는 말했다.

"아직 앞으로 해야 하는 것들이 남아 있지만, 그런 건 다 같이 이야기하면서 정하면 어떨까 싶데이."

"이야기만 들어 보면 재미있을 것 같군요. 그래도 우리 학교에도 규칙들이 있단 말이죠."

"그렇겠제. 바로 대답하는 건 무리일 테고 이번 주 중으로 연락해 줄 수 있나? 연락처는 여 있다."

코가는 네 장의 명함을 테이블 위에 올려 두고 일어섰다.

"학교도 끝났고 이제 쉬어야 되는데 시간 뺏어서 미안하데이.

꼭 다시 봤으면 좋겠다."

- 어라, 타이가 쿠루미 아니야?
- 그 옆에는 테네리타스의 카토리야.
- 우와. 가서 말 좀 걸어 봐.
- 됐어, 무리야. 우리 같은 사람들을 상대나 해 주겠냐. 성격도
더럽다던데.

"미나미, 상대하면 안 돼."
"왜? 저런 말을 들었는데 어떻게 가만히 있니."
"저런 사람들은 그냥 놔두는 게 제일 나아."
"……."
"저기, 미나미는 어떻게 생각해?"
"조금 전 방송 이야기?"
"응."
"무척 관심 있어."
"수험생인데?"
"응. 주변에서는 그렇게들 말하겠지만. 쿠루미는?"
"고민 중이야. 지금 나에게 소중한 게 뭔지."
"그런 건 나도 몰라."
"……."
"괜찮아. 분명 괜찮을 거야. 일단은 해 보자."

★

"아, 여보세요? 코가 씨, 다들 허락했어요!"

녹화는 일주일에 한 번, 주말 또는 공휴일에만 하기로 했다. 학교 걱정을 하지 않아도 되고 교통비와 매회 5,000엔의 용돈도 받을 수 있다. 하기 싫어지면 언제든 이야기해도 된다는 조건하에 세 사람의 동의를 얻었다.

방송 시작 후, 별일 없이 한 달 무렵이 지났을 때였다. 코가가, 파일럿으로 방송됐던 우리 코너가 정규 코너로 확정되었다고 연락해 주었다. 카토리의 강렬한 캐릭터, 엄청난 파괴력을 지닌 쿠루미의 미소, 만인이 좋아하는 외모를 가진 미카와 함께 동서남북은 약간의 수요를 만들어낸 것이다. 이로써 한 번은 잃을 뻔 했던 나의 꿈에도 다시 길이 보이기 시작했다.

"실례합니다. 코가 씨, 잠깐 시간 괜찮으세요?"

"아즈마, 무슨 일이고. 그렇게 무서운 얼굴로."

나는 여느 때처럼 취재를 끝낸 후 코가에게 말을 걸었다. 나머지 세 사람에게는 먼저 정리하라고 말해 두고 나는 사람이 없는 곳으로 코가를 데리고 나갔다.

"와 그라노?"

"저기, 저희 혹시 기획사 같은 곳이 없어도 괜찮나요?"

"아아, 지금은 필요 없데이. 안심하그라."

"아뇨, 들어가고 싶어서요."

"오호……."

코가는 이마를 만지작거리며 생각하기 시작했다. 그녀는 더 이상 AD 코가가 아니었다. 우리의 페스티벌 기획이 성공을 거두면서 AD에서 디렉터로 출세한 것이다. 덕분에 최근 그녀에게는 전과 다른 든든함이 느껴졌다.

"이리저리 생각해 보꾸마."

"감사합니다!"

다음 날 코가에게서 전화가 걸려 왔다. 녹화 스케줄은 메시지로 보내기 때문에 어제 이야기로 전화했다는 것을 바로 알아챘다.

"아, 아즈마? 어제 얘기했던 기획사 말인데, 아는 곳 중에 소개해 줄 수 있는 곳을 찾았데이."

"정말이에요?"

기획사 이름은 〈멀셋트 엔터테인먼트〉였다. 들어본 적은 없지만 홈페이지를 보니 아는 여배우 한 명이 소속되어 있다.

"내가 대충 설명은 해 뒀는데, 기획사 사람이 실제로 만나서 얘기해 보고 싶다카대. 도쿄에는 언제 올 수 있겠노?"

"다음 번 녹화가 끝난 후에 가도 괜찮으시다면 그렇게 하고 싶어요."

"오케이. 그라믄 이번 주 일요일이네. 전해 둘꾸마."

"감사합니다."

전화를 끊은 뒤 책상 앞에 앉았다. 일요일까지는 앞으로 6일이나 남았다. 나는 서랍에서 스프링 노트와 펜을 꺼냈다.

코가의 소개를 받고 나는 혼자 사무실을 찾아갔다. 다른 세 사람에게는 살 것이 있으니 먼저 가라고 말해 두었다. 기다란 인조 속눈썹이 금방이라도 떨어질 것 같은 접수 데스크의 직원에게 "저녁 6시에 면접 보기로 한……"이라고 말하자 안쪽 방으로 안내해 주었다. 그곳은 모든 면이 유리인 데다가 빨간 소파가 무게감 있게 놓여 있는, 안정감이라고는 눈곱만큼도 느껴지지 않는 방이었다. 회의실 같은 제대로 된 면접실을 상상했던 나는 다급히 시뮬레이션을 다시 해 보지만 이미 늦었다.

유리벽 너머에서 회색 재킷을 걸친 남성이 문에 손을 갖다 댄다.

"아즈마 양, 많이 기다렸죠?"

가무잡잡한 피부에 하얀 이를 대담하게 내보인 남성은 기세 좋게 방에 들어오더니 소파에 털썩 앉았다.

"자, 앉아요."

"아, 네."

"말 편하게 할게. 난 멀섹트의 엔도라고 해. 코가한테 얘기는 들었어. 방송도 봤고. 우리 회사에 와 주면 좋겠는데, 우선은 네가 어떤 사람인지 얘기해 줄래?"

우선 자기소개를 해야 한다. 그의 다부진 체형은 나에게 묘한 압박감을 주었다. 이럴 때 긴장하면 지금까지 갖은 고난을 헤쳐

온 의미가 없어져 버린다. 나는 힘이 잔뜩 들어간 몸을 의식과 분리했다.

"네. 초등학교 4학년 때부터 중학교 2학년 때까지 캐나다에 살았기 때문에 영어를 구사할 수 있습니다. 남자한테는 관심이 없어서 지금까지 누굴 사귀어 본 적이 없습니다. 춤과 노래를 혼자 연습하고 있습니다. SNS는 나중에도 흔적이 남는 게 무서워서 가입도 하지 않았습니다. 아이돌이 되고 싶습니다. 잘 부탁드립니다."

"……."

회색 재킷을 입은 남자는 험상궂은 표정으로 경직되어 있다. 뭔가 이상한 소리라도 했을까.

"……아이돌이 되고 싶구나?"

"네. 오랜 꿈입니다."

"……그렇군."

"저기! 지금 같이 방송을 하고 있는 친구들과 함께 아이돌 그룹을 만들고 싶어요! 이건 자료입니다."

나는 세 명의 프로필을 정리한 종이를 그에게 내밀었다.

"오, 이게 뭐야? 네가 만들었니?"

"네!"

미나미(南) 카토리 란코. 돈이 많고, 외모·말투·학교 모두 공주님. 집에는 수영장까지 있습니다. 외모는 화려하지만 살짝 고풍스러운 느낌도 있어서 『에이스를 노려라!』에 나오는 나비 부인을 실사화한 느낌입니다. 실제로도 테니스부였는데 정식 부원이 되기 전에 그만 뒀습니다. 다른 사람을 아래로 보는 듯한 말투를 써서 기분이 나쁠 수도 있지만 악의는 없으니 애교로 봐 주시면 감사하겠습니다.

니시(西) 타이가 쿠루미. 저희 지역에서는 이미 유명한 친구입니다. 귀여운 외모에 프로그래밍이라는 특기도 겸비. 로봇 콘테스트에서 전국 2위를 거둔 고등전문학교의 히로인. 전국 각지에 그녀의 팬이 있습니다. 신장은 150센티로 작은 체구. 항상 헐렁헐렁한 옷을 입습니다.

기타(北) 카메이 미카. 머리카락도 손톱도 항상 예쁘게 유지하며 미용에 빈틈이 없습니다. 미인형이라 성격도 차가워 보이지만 자상합니다. 봉사 활동을 꾸준히 하고 있습니다.

"오호……. 대단하네."

"감사합니다. 다들 개성이 뚜렷합니다."

"네가 제일 개성이 강한 것 같은데. 20년간 이 업계에서 일했지만 너 같은 친구는 처음이야. 이 친구들도 다 아이돌이 되고 싶어 하는 건가?"

엔도는 새하얀 임플란트 치아를 과시하듯 웃으며 말했다.

"아이돌이 되고 싶지 않은 여자아이가 있을까요?"

"그야 많지."

"다들 말을 하지 않을 뿐이지, 마음속 어딘가에는 그 꿈이 있을 거라 생각해요."

"유감스럽지만 그렇게 아름다운 세계는 아니야. 게다가 아이돌이라는 단어만 봐도 혐오감을 드러내는 사람도 많지."

"……."

"미안하다. 내 의견이라고 생각하지는 말아 줘."

"……."

"내 좌우명은 '용왕매진'이란다. 너는 숨김없는 사람이야. 마침 코너를 맡고 있기도 하니 방송이랑 연계해서 뭔가 할 수 있도록 움직여 볼게. 코가에게도 말해 둘 테니까 오늘은 이만 가 봐."

기뻐야 할 말인데도 왠지 차갑게 들렸다. 엔도는 마지막까지 어쩐지 수상쩍은 새하얀 이를 드러냈다. 가짜 치아에서 날아온 말 따위는 진짜가 아니다. 아이돌의 세계가 아름답지 않다니, 역시 나는 그 말을 믿을 수 없었다.

★

"어어, 어서 와."

"안녕하세요."

수개월 만에 만나는 사장님도, 손님이 적은 가게도, 달라진 것 없는 모습에 안도감이 든다. 마지막으로 여기에 온 것은 오류성에서 봉사 활동을 시작하기 전이었던 것으로 기억한다.

"오래 기다렸어?"

"오랜만이네."

이미 도착해 있던 그에게 미안한 기색을 내비친다. 신지를 만나는 건 수개월 만이지만 그동안에도 연락을 자주 주고받았기 때문인지 나로서는 '바로 얼마 전에 만난 듯한' 느낌이 들었다.

"오랜만이라고 할 정도는 아니지 않아?"

"아니, 생각해 봐, 우리 예전에는 일주일에 몇 번씩이나 만났잖아."

"이상하게 말하지 마."

"미안."

확실히 못을 박아 두지 않으면 혹여 가게 사장님이 착각할 수도 있다. 나는 진지하게 한 말인데 신지는 웃고 있었다.

"대단한 것 같아. 얼마 전까지 영어 봉사 활동을 했었는데 지금은 자연스레 TV에 나오고 있잖아. 오류성을 감쪽같이 발판으로 삼아서 말이지."

"부정할 순 없지만 발판이라고 하지는 말아 줘."

"다른 봉사자 분들은 좀 허전해 하시는 것 같아. 아, 그래도 다들 아즈마가 잘되기를 바라서. 고령자 군단을 대표해서 내가 전달하는 거야."

"신지도 무리해서 계속하지 않아도 되는데."

"애초에 내가 먼저 하고 싶어 했으니까. 사람들이 좋아해 주고, 사진 찍는 연습도 할 수 있어. 나한테는 좋은 환경이야."

"좋은 환경이라. 부럽네. 나는 어제 기획사 면접에 다녀왔어."

"들어가고 싶다고 했었지?"

"응."

"어땠어?"

"아마도 갈 수 있을 것 같아."

"그렇구나. 잘됐네, 아즈마."

신지에게는 전화로 다 이야기한 상태였다. 생각했던 것보다 훨씬 더 오류성의 반향이 없었던 것도, 이타미 씨의 연락처를 지운 것도, 코가가 나타난 것도, 나는 속속들이 그에게 보고했다.

"지금 기분은 어때?"

"기분이라……. 드디어 여기까지 왔구나 하는 느낌? 그래도 안심하는 건 무서워. 정말 이렇게 꿈이 이뤄지는 걸까 싶어서. 그래도 무서운 감정의 몇 십 배는 더 기뻐."

아무에게도 말할 수 없었던 기쁨을 그에게 털어놓자 억눌렀던 감정이 한번에 해방된다.

"그렇군."

특유의 히죽거리는 미소가 아닌, 싱긋 웃는 그의 모습이 낯설다.

"근데 오늘은 왜 찻집으로 나를 부른 거야?"

"특별히 이유는 없어. 그냥 천천히 얘기하고 싶어서."

"뭐야."

"이제는 아즈마랑 이렇게 둘이 만나기도 힘들어지겠지."

"……."

손 안의 애플 주스를 가만히 보면서 그 말을 곱씹어 본다. 이대로 잘 풀린다면 이렇게 둘이서 만날 수는 없을 것이다. 찻집에서 열었던 비밀회의는 어느새 필요가 없어졌다. 넉살스럽지 못한 나는 이럴 때 뭐라고 해야 하는지 모르겠다.

"마지막으로 아즈마랑 데이트할 수 있어서 다행이야."

"뭐? 데이트?"

"응. 오늘은 딱히 작전 회의를 하려고 만난 것도 아니잖아? 그냥 같이 있기만 하고."

"……."

신지는 틀린 말을 하지 않았다. 우리가 지금 하고 있는 것은 데이트다. 설령 우리는 그렇게 생각하지 않았다고 한들 그렇게 보이는 행동을 하고 있다.

침묵이 길어지면 길어질수록 다음에 꺼내야 하는 말에 압박이 느껴진다. "어디서 남자친구 행세야", "까불지 마", "데이트라고 생각한 적 없거든", 떠오르는 말들을 하나씩 지우다 보니 어느덧 마지막에는 아무 말도 남지 않았다.

"아, 맞다. 5학년에 시미즈라는 사람 알아?"

특별히 신경 쓰고 있었던 건 아니지만 침묵을 깨기에 적당한 화제를 떠올린다. 시간이 좀 지나기는 했지만 무척이나 인상적인 일이었던지라 지금까지도 똑똑히 기억하고 있었다.

"응, 알아. 왜?"

"공업제 때 쿠루미한테 왔었거든. 밴드 보러 와 달라고."

"우와, 진짜?"

"그 반응은 뭐야, 이상한 사람이야?"

"시미즈는 RPG 게임 캐릭터 이름을 '쿠루미'라고 할 정도로 엄청난 녀석이야."

"으악."

"그래서 쿠루미는 시미즈 밴드 보러 갔어?"

"아니, 사정이 생겨서 나만 갔어."

"그 대단한 아즈마께서? 왜?"

웃음을 터뜨리는 신지를 보고 안심한다. 신지는 평소 조용히 웃는 편이다. 손뼉을 치지도 않고 이상한 웃음소리를 내지도 않는다. 코 아래와 입 언저리는 꺼벙하지만 그의 동작에는 언제나 품위가 있었다.

"이제 공업제에 아즈마가 오는 일은 없겠지."

"왜, 갈 거야."

"무리야. TV에 출연하는 연예인이니까. 게다가 이제는 아이돌이 될 거잖아. 이 깡촌에서 네 사람은 이미 유명인이야. 이제는 꼼짝도 못하게 될 거라고."

"그런 것까지 제약이 걸리는 건가. 그래도 내가 바라던 바니까 슬프지는 않아."

"나랑 못 만나게 되는 건?"

"그건 좀 슬퍼."

"그 말을 들은 것만으로도 오늘 아즈마를 불러낸 보람이 있네."

신지는 커피를 바라보며 씁쓸하게 웃었다.

"마지막으로 하나만 물어봐도 돼?"

"뭔데?"

"왜 아즈마는 오디션으로 아이돌이 되려고 하지 않은 거야? 그쪽이 더 빠를 텐데."

"글쎄……. 왜일까."

이날, 사장님은 돈을 받지 않았다. 대신 사인을 부탁받았다. 주방 안쪽에서 꺼내 온 색종이에 두꺼운 사인펜으로 사인을 한다. 모양은 볼품없었지만 애교로 봐 주겠지. 어쨌든 첫 사인이니까.

"그럼 다음에 봐."

"응. 언젠가 다시 만나자."

애잔한 신지의 뒷모습이 보이지 않게 되자 나는 그와 반대 방향으로 걷기 시작했다. 설마 저런 뒷모습을 가진 사람이, 저렇게나 굽은 등에 촌스러운 옷을 입은 사람이 내게 든든한 존재가 될줄이야……. 그 누가 상상할 수 있었을까.

……왜 오디션을 안 본 거야?

헤어진 후에도 머릿속을 맴돌던 그의 말.

"다 떨어졌다는 말은 창피해서 못 하지."

9
나의 방향

★

스튜디오 녹화는 이날이 처음이었다.

방송국이라고 하면 구체(球體)가 붙어 있는 구조물이 제일 먼저 떠오른다. 어렸을 때부터 그 구체 안으로 들어가기를 동경해 왔던 나는 AD 코가가 미리 알려 준 자리에 앉은 후 가벼운 충격을 받았다. 상당히 낡은, 수수한 만듦새의 비근대적 구조물. 부지는 넓지만 옆에 들어선 상업 빌딩이 훨씬 더 근사하지 아니한가.

경비원의 찌르는 듯한 시선에 견디기를 5분, 드디어 친애하는 코가가 나타났다. 물론 근무 모드인 그녀의 눈썹은 그려져 있지 않다. 첫 전차로 멀리서 두 시간을 들여 도쿄에 온 우리에게 특별히 수고했다는 말도 없이, 코가는 순진무구한 여고생들을 데리고 어디론가 움직였다.

"코가 씨, 지금부터 뭐하는 거예요?"

"그건 말 몬한다. 자, 스튜디오 도착했다. 여기가 촬영할 D스튜디오데이."

보기만 해도 육중해 보이는 문 앞에서 코가는 발을 멈췄다.

"그렇게 다닥다닥 붙어 있지 말고 퍼뜩 들어가라. 잘 부탁드린다고 큰 소리로 인사하는 기라. 내도 같이 들어갈 거니까."

"……."

"가만히 서 있지만 말라 안 카나. 시– 작……."

떨리는 손에 힘을 주고 문을 열자, 몇 대에 이르는 카메라가 우리를 기다리고 있었다. 가장 큰 카메라 앞에는 낯익은 남자가 서 있다. 저 체격에 회색 재킷이라면 멀섹트의 엔도가 틀림없다.

"자, 이쪽으로 오세요."

우리는 엔도 앞으로 갔다. 그동안에도 카메라는 우리를 찍고 있었다.

"갑작스럽지만, 오늘 모여 준 여러분께 드릴 말씀이 있습니다."

심장이 멈춰 버린 것이 아닐까 싶을 정도로 나를 제외한 세 사람은 굳어 있었다. 엔도라는 남자의 정체, 그리고 앞으로 일어날 일을 알고 있는 사람은 네 명 중 나뿐이었다.

"동서남북 기획의 반응이 좋아서, 여러분이 이 방송의 엔딩곡인 「나의 방향」을 부르기로 했어요."

준비 중이던 핸디 카메라가 한 명 한 명의 얼굴로 다가온다. 나는 앵글을 의식하면서 놀라는 표정을 지어 보였다.

　"그럼 바로 노래와 춤 레슨에 들어갈게요. 그리고 기획사 입사에 관해서 보호자께 설명 드리고, 작성해야 하는 서류가 있으니……."

　이때의 모습은 그 다음 주에 방송되었다. 수개월 전까지 평범한 고등학생들이 진행하는 페스티벌 즉석 리포트였던 기획은, 아이돌이 되어가는 성장 히스토리가 되었다.

　"우리, 이렇게 점점 다른 세계로 끌려가는 걸까?"
　"쿠루미는 지금 당장이라도 도망가고 싶을 정도야."
　"불안한 마음은 이해하지만 지금까지도 어떻게든 해 왔잖니. 앞으로도 흐름을 거스르지 않고 살다보면 어떻게든 될 거야."
　"미나미는 괜찮아? 평범한 고등학교 생활을 못 하게 돼도?"
　"응. 주목 받는 건 원래 싫지 않았어. 그리고 다 같이 지내는 것도 무척 즐거워."
　"그렇구나……. 그렇겠지?."
　"……쿠루미, 울어?"

★

　기획사가 생긴 후에는 방송 엔딩곡을 부르는 것 외에 다른 일도 들어왔다. 매달 사들였던 아이돌 전문잡지의 첫 면에 내가 실리게 됐다는 걸 알았을 때에는 너무나도 기뻐서 동네의 계단을 두 칸씩 뛰어올라 갔다.

동시에 블로그도 개설되었다. SNS를 하지 않았던 나는 사람들을 끌어당기는 테크닉을 모른다는 것을 이때 처음 알게 되었다.

쿠루미는 업로드하는 사진의 90퍼센트가 직접 만든 로봇이었고 나머지 10퍼센트가 본인의 사진이었다. 그 파괴력과 희소성 덕분에 댓글 수로는 쿠루미가 독보적인 1위였다. 가장 최근에는 토끼 끈으로 머리 묶는 방법을 사진과 함께 올렸는데, 댓글 수는 1천 개에 이르렀다.

카토리는 항상 '반가워요'라는 인사말로 시작했고, 받은 질문에 다시 질문을 하는 글을 몇 건이나 올렸다. 의외로 성실한 공주님은 묻지도 않았는데 올해 정월에 산 노트북을 쓰고 있다고 자랑하듯 아양을 떨었다.

댓글 수가 많은 순서는 쿠루미, 카토리, 미카였고 나는 최하위였다. 아이돌을 향한 열정은 이렇게나 넘쳐나는데도 그걸 잘 표현할 수 없는 자신에게 화가 났다.

정보화 사회 속에서 우리는 바로 신상이 알려졌다. 넷이서 봉사활동을 했던 것, 쿠루미가 로봇 콘테스트에 나갔던 것. 전부 다 미리 염두에 둔 보람이 있었다. ……그렇게 확신했는데.

예기치 못한 사건이 일어나 버렸다.

한창 레슨을 받고 있던 때의 일이었다. 매니저가 미카만 데리고 갔는데 몇 시간이 지나도 돌아오지 않았다.

"미카, 무슨 일 있는 걸까?"

우리는 레슨이 끝난 후에도 그대로 방에 남아 기다렸다. 몇 시간 후에 돌아온 미카의 눈은 퉁퉁 부어 있었다.

"무슨 일 있었어?"

"사진이…… 남자친구랑…… 미안해……."

나는 바로 상황을 이해했다.

"최악이네."

그 자리에서 바로 인터넷에 미카의 이름을 검색한다. 문제의 사진은 바로 나왔다.

커플링 사진에 '3주년 기념일'이라는 문구가 덧붙여진 스크린숏. 상대 남성은 〈니코키즈〉의 일원이었다. 아마도 그의 트위터에서 유출되었을 것이다. 놀랍게도 이 사진이 업로드된 시기는 지난주였다. 두 사람은 아직 교제 중이라는 뜻이다.

그럼 그녀는 왜 서점에서 『사랑에 살지 않는 젊은이들』이라는 책을 읽고 있었던 것인가. 그것만 보고 남자친구가 없다고 판단한 나도 허술했다. 기껏 봉사 활동을 했던 과거를 알릴 수 있게 됐는데 이런 일이 동시에 터져 버리면 그게 다 무슨 소용이란 말인가.

결국 미카는 아무런 처분 없이 활동을 계속하게 되었지만 한동안 우리에게 미소를 보이지 않았다. 무어라 말을 걸어야 할지도 알 수 없었다. 동서남북이 다 함께 있어야 의미가 있다는 것을 알고 있는 이상, 그녀에게 그만두라고 할 수도 없는 노릇이었다.

다음 주 방송이 끝날 때 「나의 방향」을 라이브 형식으로 내보내기로 했다. 한 달 정도 레슨을 받은 성과를 드디어 발휘할 수 있다.

"자, 이건 아즈마. 다른 친구들은 여기에서 마이크 가져 가."

리허설 직전, 나를 제외한 세 명은 모형 마이크를 받았다. 요컨대 립싱크를 하라는 뜻이다.

"왜 저만 이거예요?"

"주파수 문제 때문에."

"노래를 들려주고 춤으로 매료시키는 게 아이돌이잖아요?"

그렇게 말한 순간 대기실의 공기가 급속히 싸늘해졌다. 어른들이 하나같이 불쾌한 표정을 지은 것이다.

"그, 그래도 나는 노래를 잘 못하니까, 오히려 잘됐어."

"미나미, 노래를 잘 못하면 연습을 하면 되잖아."

태평하게 웃고 있는 카토리에게도, 아무 말 없는 스태프들에게도 화가 났다. 어째서 항상 나만 필사적이고 다른 사람들은 시큰둥하게 서 있는 것인가.

"동서남북을~ 청춘 티켓으로 여행 중~"

무대 녹화가 끝나고 매니저가 스마트폰으로 찍어 준 동영상을 보며 모니터하는데 내 파트만 음정이 심각하게 안 맞았다. 이러니 내가 제일 음치인 것처럼 보였다. 다른 사람들은 마이크가 죽어 있는데, 그래서 더 여유 있게 미소 지을 수 있었던 건데, 이러면 나만 손해이지 않은가.

"미나미, 지금 즐거워?"

"……얼마 전까지는 즐거웠어."

"전에 미나미가 했던 말, 역시 쿠루미는 아니라고 생각해."

"……."

"이대로 흐름에 몸을 맡기고 살다 보면 어떻게든 된다……. 그렇게 말했었지. 하지만 미나미, 나는 이러다 미쳐 버릴 것 같아."

"쿠루미……."

"미카의 웃음이 사라졌어. 일면식도 없는 사람들의 언어폭력 때문에. 그런데 연예인은 이게 당연한 거잖아."

"……."

"정상이 아니야. 돈을 위해서? 아니면 명예? 왜 다들 유명해지고 싶어 하는 거야?"

"나라는 존재를 많은 사람들이 인정해 줬으면 하니까?"

"쿠루미는 잘 모르겠어. 다른 사람의 의견 따위는 필요 없어. 내가 하고 싶은 대로 살면 그걸로 충분해."

"쿠루미, 그래도 이건 기회야. 우리, 여러 운명이 섞여서 여기에 있는 거야. 이런 경험은 앞으로 평생 할 수 없을지도 모르잖니."

"기회니까 그냥 흘러가는 대로 몸을 맡기고 살겠다는 거야? 그건 그냥 도박일 뿐이야."

"도박에서 이긴다면 분명 꿈도 더 쉽게 이룰 수 있을 거야."

"미나미의 꿈이 뭔데?"

"……"

"그 꿈, 정말 이렇게 생활하다 보면 이뤄져?"

"……모르겠어……. 하지만……."

"부탁이니까 더 이상 말리지 마. 미쳐 버리기 전에…… 날 놓아 줘."

"싫어어─"

기획사의 회의실에서 회의를 하던 중, 느닷없이 울부짖는 소리가 들려왔다. 유리로 된 회의실에서는 밖을 다 볼 수 있었기 때문에 쿠루미가 오열하고 있다는 걸 바로 알 수 있었다. 그 심상치 않은 모습에 그 자리에 있던 어른들도, 회의 중이었던 우리도 굳어 버렸다. 쿠루미는 오늘이 첫 솔로 활동이었는데……. 대체 무슨 일이 있었던 것인가.

"아아아아─"

매니저가 그녀를 거의 질질 끌면서 안쪽 방으로 데려간다. 회의는 잠시 중단되었지만 어른들은 우리에게 회의실에 남아 있으라고 했다.

쥐 죽은 듯 조용해진 공간에 쿠루미의 목소리가 이따금씩 들려온다.

"이제 싫어, 싫어, 싫어. 모르겠어. 나인데 내가 아니야. 카메라 앞에서는 나도 날 모르겠어. 초등학생 이과 문제에 대답을 할 수가 없단 말이야. 왜 안 나오는지 나도 모르겠어서 미쳐 버릴 것 같았다고!"

달래는 어른들의 목소리가 어렴풋이 들려왔지만 그녀의 외침이 잦아들지는 않았다.

"이런 것도 못 맞히다니, 난 바보에다가 무력하고…… 아아, 어쩌지. 이게 방송되면 사람들이 다 로봇 같은 거 아무나 만들 수 있는 거 아니냐고 생각할 거야. 이제 싫어, 싫단 말이야. TV에 나오고 싶지 않아. 날 알리고 싶지 않아. 사람들한테 보이는 게 싫어!"

완전히 자포자기에 빠져 버렸다. 이대로 쿠루미를 방치해 두면 안 된다.

"쿠루미를 설득해야 돼."

"기다려, 아즈마."

"왜?"

"가서 어쩌려고?"

"쿠루미에게 말해야지. 다음번에 잘하면 되지 않느냐고."

"……아즈마는 정말 아무것도 모르는 구나. 쿠루미는 한계에 달했어."

"한계라니, 무슨 소리야? 쿠루미는 긴장을 잘하는 성격이라 그래. 조금 더 지나면……."

"무너질 거야."

"그럼 어떡하라고?"

"평범한 고등학생으로 돌아가게 해 주자. 쿠루미는 원래 눈에 띄거나 나서는 걸 싫어했잖아. 아즈마라면 알 거야."

"이왕 여기까지 왔는데 그만두라는 거야?"

"그래. 나, 깨달은 게 있어. 애초에 나는 아이돌 생활이 즐거운 게 아니었어."

카토리의 말에 옆에 있던 미카까지 작게 끄덕인다.

"미나미도 미카도 이상해. 예쁜 옷을 입고 귀엽게 머리를 다듬고 스튜디오에서 수많은 조명을 받는 일이 얼마나 행복한 건지……."

"그게 행복하다고 생각하는 건 아즈마가 아이돌을 좋아하기 때문이야."

"그렇지 않아! 익숙해지면 분명히 즐거워질 거야. 아이돌은 많은 사람에게 웃음을 줄 수 있다고! 이렇게 멋진 직업은 없어!"

"……가 ……가까운……."

내내 잠자코 있던 미카가 떨리는 입술을 살며시 열었다.

"가까운 사람에게도…… 웃음을 주지 못하는 사람이?"

"뭐?"

"지금 아즈마는, 이상해. 무서워."

"……."

"나를 구해 줬던 멋진 아즈마는 이제 없어……. 옛날의 아즈마는 어디로 간 거야?"

울음을 터뜨리는 미카의 등을 카토리가 다독였다. 쿠루미의 울음소리도 잦아들 기미가 보이지 않는다. 울고 싶은 건 나다. 나는 짐을 챙겨서 건물 밖으로 나왔다. 왜, 대체 왜……. 이렇게 돼 버린 것에 대한 후회가 머리를 지배했다. 집에 도착한 후에도 그 후회는 사라지지 않았다.

★

며칠 후, 엔도가 세 명과 계약을 해지했다고 알려 왔다. 같이 그만두라는 말은 하지 않았지만 정규 편성이 되었던 동서남북의 코너는 다른 기획 방송으로 교체되었고 내게 들어오는 일도 일절 없어졌다. 그와 함께 블로그가 폐쇄되었고 예정됐던 행사 역시 전부 중지되었다. 엔딩곡 또한 바로 다른 아티스트의 신곡으로 변경된다고 한다.

드디어 잡았다고 생각했던 아이돌이라는 이름은 내 손바닥에서 미끄러지듯 도망쳐 나갔다.

학교가 이렇게 우울한 건 처음이다. 내가 빈껍데기가 됐다는 사실을 인정하고 싶지는 않지만, 수업 중에는 시선만 칠판에 고정했을 뿐 의식은 창밖으로 가 있었다.

점심시간, 다른 반의 앗코가 일부러 찾아와서 말을 걸었다.

"아, 아즈마. 어제도 봤어. 바쁜 것 같더라. 학교에서 힘든 일 있으면 언제든 말해!"

누가 너 같은 애한테 말하겠니. 평소라면 미소 뒤에 본심을 숨기겠지만 오늘은 그럴 수가 없었다.

"고마워. 뒤에서는 내 욕 하고 다닌다는 거 알고 있어."

방송에는 미리 찍어 두었던 VTR이 나가고 있던 터라 주변에서는 동서남북의 변화를 알아채지 못했다. 이런 타이밍에 오후부터 진로설명회가 열린다고 한다. 눈앞이 깜깜한 지금의 나에게는 너무나도 가혹한 시간이었다.

체육관에서 학급별로 세로로 한 줄씩 세워진 우리들은 단상에서 내려다보이는 위치에 있었다. 30대 중반으로 보이는 여성은 검은 쇼트커트에 안경을 쓰고 정장을 입고 있다. 그녀는 "1학년 때부터 대학 입시를 준비하는 게 절대 빠르다고 할 수 없어요"라는 말로 시작하더니 〈추천하는 3년간 진로 계획〉을 장황하게 늘어놓았다. 유명한 교육 회사에서 근무하며 매번 수백 명의 학생들을 앞에 두고 강사로서 진로에 대해 설명하는 이 사람은 성공 사례라고 할 수 있을까?

주변을 둘러보자 마음이 다른 곳에 가 있는 사람이 비단 나뿐만은 아닌 듯했다. 동급생들은 속으로 무슨 생각을 하고 있을까. 책상다리를 하고 앉아서 단어장을 보고 있는 오른쪽 남자아이에게 말을 건넨다.

"이야기 안 들어도 돼?"

"엇?"

이름도 모르고 반도 다른 그 남자 아이는 나를 보고 놀라는 눈치였다.

"앞에서 설명하고 있잖아."

"알고 있어. 그런데 난 가고 싶은 학교 정했어."

"그렇구나."

지금 해야 할 일을 알고 있는 그가 부럽다는 생각이 들었다.

"아즈마는?"

"내 이름을 어떻게……."

"유명인이잖아."

그는 "실제로 TV에서 본 적은 없지만"이라고 덧붙이며 겸연쩍은 듯 웃었다.

"아즈마는 어디에 가고 싶어?"

"나는 아직 안 정했어. 왠지 대학에는 관심이 없어서."

"오호. 그럼 나중에 뭐가 되고 싶어?"

"말 안 할 거야."

"말 안 한다는 건 정한 게 있다는 뜻이네. 다행이다."

"왜 다행이야?"

"고등학생이 되면 장래희망이 뭐냐는 질문 안 받게 되잖아. 이 학교에 들어왔으니 앞으로 이런 인생을 살게 될 거다, 이러면서 몇 안 되는 레퍼토리의 레일이 깔리지. 지금처럼."

그는 강연 중인 여자를 새끼손가락으로 가리켰다.

"그래서 확실한 꿈을 가지고 있는 사람이 있기나 한지 불안했어. 지금 여기에서 설명 듣고 있는 학생들 중에는 적당히 자기 성적에 맞춰서 여기에 입학하고, 또 적당히 자기 수준에 맞는 대학에 가고, 적당히 들어갈 수 있을 것 같은 회사에 이력서 보내고, 붙은 기업에 적당히 취직하는 사람이 많을 거라 생각해. 그것도 나쁘다는 건 아니지만 나는 그게 좀 아까운 것 같아서."

"그렇게 말하는 장본인은 뭐가 되고 싶어?"

"근면 성실이 필수 조건인 제일 멋진 직업."

"제일 멋진……."

이 세상에는 수많은 직업이 넘쳐나는데 그는 제멋대로 순위를 매기고 있었다. 엄청나게 행복한 사람이다. 최근 1년간의 내 모습이 이 이름도 모르는 아이와 겹쳐진다.

내가 가장 동경하는 직업이 날 원하지 않는다는 사실을 알아버렸을 때, 나를 기다리고 있던 것은 끝없는 슬픔과 부끄러움이었다. 옆에 있는 그는 나 같은 경험을 하지 않았으면 했다.

"공부, 열심히 해."

"응. 아즈마도 꿈을 이루길 바라."

나는 어떻게 살고 싶은지 다시금 스스로에게 물어보지만 떠오르는 이상향은 지금도 역시 바뀌지 않았다. 처음 아이돌을 봤을 때 나를 관통한 그 충격을 잊을 수가 없다. 하지만 나는 꿈을 이뤄도 되는 사람이 아니다. 누군가를 위한다고 말하면서도 지금껏 해왔던 행동들은 죄다 나를 위한 것이었다. 좋은 사람인 척 하면서,

상황이 따라주지 않으면 아무렇지 않게 다른 사람에게 상처를 줬다. 이런 사람이 아이돌이 되어서는 안 된다는 것쯤이야 잘 알고 있다. 알고 있는데도, 깨끗이 포기하는 성격이 못 되는 나는 좋아하는 것을 쉽게 싫어할 수가 없다.

지금 여기에서 울다니, 그렇게 꼴사나운 일을 용납할 수는 없다. 꼭 집이 아니더라도 적어도 혼자 있을 때 울면 된다. 하지만 손수건도 없는데 눈물을 참을 수가 없었다. 나는 무릎에 얼굴을 묻고 조용히 울었다.

그날 방과 후, 나는 기타고등학교 교문에서 미카가 나오기를 기다렸다.

"미안. 저기……."

"앗, 깜짝이야. 무슨 일이야?"

"괜찮다면 옛날에 내가 어땠는지 말해 줄 수 있어?"

거절당할 각오를 하고 온 나는 미카의 표정을 보지도 않고 고개를 숙였다. 미카의 로퍼 끝을 바라보면서 속으로 기도한다.

"……좋아. 옆에 있는 공원에서 잠깐 얘기할까?"

어린이가 놀기에는 놀이시설이 빈약한 공원에 사람이라고는 우리밖에 없었다. 앞서 걷던 미카는 벤치가 아닌 그네에 앉았고 나도 그 옆 그네에 앉았다.

"아즈마, 엔도 씨한테 들었어?"

"응. 다들 그만둔다며."

"미안해."

"미카가 사과할 일은 아니야."

"하지만 아즈마, 눈이 부어 있어."

미카는 나에게서 시선을 떼더니 살며시 그네를 흔들거리기 시작했다. 그러고는 찬찬히 시간을 되돌렸다.

"기억…… 안 나지? 반 아이들도 선생님도 무시했던 나에게 아즈마만 말을 걸어 줬던 거."

"……."

"그런 행동을 했다가 같이 괴롭힘을 당할까 봐 불안했어. 그런데 아즈마는 이렇게 말했지. '할 말이 있으니까 말을 거는 건데 말리는 의미를 모르겠네. 나는 배울 점이 없는 사람이 하는 말은 안 들어'라고 말이야."

"옛날부터 건방졌구나."

"아냐. 아즈마는 멋있었어. 예쁘고, 머리도 좋고, 절대 우는 법이 없었지."

방금 전까지 울었는데,라고 나는 마음속으로 중얼거렸다.

절대 울지 않는 아이. 그랬다. 초등학생 때 안 울었다는 이유로 선생님이 부모님에게 연락을 한 적이 있었다. 까맣게 잊고 있었는데 그 발단이 된 것도 강연회였다. 전교생이 체육관에 모였던 그날의 주제는 불법 약물, 대마 방지였다. 턱수염을 기른 아저씨는 아들을 사고로 잃었는데 그 사고의 원인이 불법 약물 때문이었다고 눈물을 흘리며 이야기했다. 강연 내내 여기저기서 코를 훌쩍거렸고 전교회장은 마지막에 울먹거리는 목소리로 감사 인사를 했다. 그 충격적인 광경은 잊을 수가 없다. 체육관 전체가 눈물로 뒤덮여서 마치 울지 않으면 인간 취급도 못 받을 것 같은, 괴상한 공간이었다.

나는 울 수가 없었다. 그저 멀뚱히 어른들을 바라보았다. 턱수염 아저씨, 선생님. 평소에는 좀처럼 볼 일이 없는, 어른들이 우는 모습을 보는 것은 썩 유쾌한 일이 아니었다. 담임 선생님은 그때의 내 행동을 이상하게 여겨서 강연회가 끝난 후 일부러 부모님에게 전화를 한 것이다. 그날 밤, 부모님은 왜 울지 않았냐며 추궁하듯 캐물었다. 명확한 이유가 있었기 때문에 솔직하게 대답했던 것이 기억난다. 그랬던 내가 설마 진로설명회에서 울 줄이야.

"그런데 아즈마가 해외에 가 버려서…… 나는 진짜 외톨이가 됐어. 그걸로 끝났으면 좋았겠지만 심한 괴롭힘을 당했지. 떠올리고 싶지도 않을 정도야. 그래서 나는 학교에 안 가게 됐어. 대신 바바하우스에 다녔고. 열심히 공부해서 중학교 시험을 봤고, 그때 아이들과는 다른 학교에 갔어. 얼굴도 고치고, 전부 다 바꿨지. 하지만 무리였어. 누군가 내 초등학교 때 이야기를 우리 학교에 알린 거야. 시골이니까 그런 이야기는 금방 퍼져 버리잖아."

"……"

"쿠루미의 존재는 중학교 때부터 알고 있었어. 나는 부러웠어. 귀엽고, 재능도 있고. 어떻게 하면 저렇게 될 수 있을까, 매일 쿠루미에 대해서 인터넷에 검색해 봤지. 더 알고 싶다는 생각을 하다 보니 직접 만나고 싶어지더라. 그래서 어느 날 역에서 쿠루미를 무턱대고 기다렸어. 처음으로 실물을 봤을 때는 충격이었어. 그런데 더 놀랐던 건 그 옆에 아즈마가 있었기 때문이야."

"……."

"나의 영웅이 일본으로 돌아왔구나, 싶었거든. 뭐에 홀린 것처럼 두 사람을 쫓아갔어. 그리고 서점에서 말을 걸었지."

"아……."

그때 우연히 재회한 것이 아니었구나.

"아즈마."

미카는 로퍼로 모래 바닥을 긁으면서 그네를 멈췄다. 제법 많이 달라진 미카의 얼굴. 커진 눈동자가 나를 응시하고 있었다.

"나는, 아즈마의 1호 팬이었어."

★

"푹 쉬다 가렴."

제일 안쪽에 있는 테이블 자리에 네 잔의 유리잔을 놓은 후 사장님은 카운터 안쪽으로 돌아갔다. 변함없는 애플 주스의 맛에 신지의 빈자리가 더 크게 느껴진다.

"이런 가게도 있었구나."

동서남북의 재회 장소로 선택한 곳은 익숙한 찻집이었다. 이제부터 세 사람과 진지하게 이야기를 해야 한다. 자꾸만 불안해지는 마음을 이 가게가 달래 줄 것이라 믿었다. 기획사에서 나가지 않았으면 좋겠다거나 이대로 쭉 내가 미움 받을까 봐 두렵다는 생각은 없다. 감정대로 살아가는, 옛날의 내가 지녔을 모습으로 다가가려 한다.

"카토리, 쿠루미, 미카, 미안해."

"……."

"나, 순수하게 너희가 대단하다고 생각했어. 함께라면 뭐든 할 수 있을 거라 생각해 버렸어. 그래서 여러 가지 일에 끌어들이고, 너무나도 나쁜 행동을 해 버렸어."

"아즈마의 꿈……."

쿠루미가 작은 입을 연다.

"대충 눈치 채고는 있었어. 하지만 도움이 되지 못해서 미안해. 아이돌, 환상을 주는 직업, 그런 건 쿠루미한테는 도저히 무리였어. 나라는 존재가 모르는 사람의 인생에 관여하는 게 무서워서."

"쿠루미……."

"아이돌은 디버그를 못하니까."

쿠루미가 트레이드마크인 머리끈의 토끼 얼굴처럼 난처한 눈동자로 웃었다.

"나도 미안해."

미카가 머리를 숙인 채 입만 움직인다. 유리잔을 양손으로 감싸더니 천천히 시선을 들었다.

"어중간한 마음으로는 하는 게 아니었어. 남자친구에게도 아즈마에게도 미안한 행동을 한 것 같아. 그리고…… 앞으로도 사이좋게 지낼 수 있을까? 나는 너희를 만나고 정말 많이 변했어. 살아 있기를 잘했다고 생각하게 됐거든."

"왜 오버하고 그래. 당연하지, 쿠루미도 너희가 제일 좋으니까 앞으로도 계속 친구야. 그치, 아즈마?"

"물론이지! ……그런데 역시 이해가 잘 안 돼. 미카, 연애가 그렇게 중요해?"

"후훗. 아즈마도 소중한 사람이 생기면 알게 될 거야."

내게도 언젠가는 그런 날이 오는 건가. 지금 미카는 행복해 보이지만 그녀의 기분을 알고 싶다는 생각은 들지 않는다. 나는 이편이 훨씬 더 행복하다.

"있잖아, 아즈마. 나는,"

줄곧 입을 다물고 있던 카토리가 천천히 말하기 시작했다.

"하고 싶은 일이 생겼어."

"하고 싶은 일?"

"응. 전 세계를 돌아다니면서 구호 활동을 하고 싶어."

"응? 진심이야?"

"당연히 진심이지."

언제나 사람을 내려다보고 자기 위주로 이야기하면서 편한 것만 찾는다고 생각했던 공주님을, 사실 나는 하나도 모르고 있었던 듯하다.

"대학 입시는?"

"안 할 거야. 여차하면 아빠 회사 물려받으면 되니까."

"행동력이 엄청나네."

"다들 그렇잖아. 어지간한 행동력이 아니고서야 이런 학교생활 못 할걸?"

"정말 그러네!"

쿠루미와 미카가 소리 모아 웃었다. 로봇 콘테스트, 봉사 활동, TV 출연. 동서남북이 함께 했던 일들은 온통 비범한 것들이었는데도 세 사람은 잘 따라와 주었다.

"아즈마, 우리를 찾아 줘서 고마워."

"앞으로도 쭉 응원할게. 아직 포기한 거 아니지?"

불가능한 것들로 가득한 이 세상은 고난의 연속이다. 하지만 한 번 뻗은 손을 되돌리려면 뭐라도 잡을 수밖에 없다. 그렇지 않으면 절단이다. 다행히 내 손에는 아직 찰과상밖에 없다.

"포기하고 싶어도 포기할 수가 없어."

유명 프로듀서가 기획 중인 새로운 아이돌 그룹의 오디션이 5차까지 있다고 했다. 나는 이미 이력서를 보낸 상태였다.

★

"정말 우연들이 겹친 느낌이에요. 아무 생각 없이 지원한 오디션에 붙은 걸 계기로…… 하지만 설마 제가…… 예전부터 봤던 방송에 출연할 수 있게 되다니……."

수십 번이나 받은 이런 류의 질문에 답변할 때는 이미 포맷이 정해져 있다. 나라는 존재를 거짓 베일로 감쌀 것인지, 아니면 베일을 벗을 것인지. 매일같이 무수한 선택을 해야 한다. 이 생활에는 익숙해졌지만 여전히 내가 나일 수 없는 경우는 많다. 아이돌의 사명은 자신의 퍼스널 프로듀싱을 계속해야 한다는 것이었다.

"고교 시절에 봉사 활동을 했다고 들었어요."

"네. 짧지만…… 했었어요. 다른 사람에게 도움을 주는 게 쉽지 않더라고요. 그래도 다른 누군가가 웃을 수 있게 도왔다는 생각이 들 때, 함께 기뻐할 수 있었어요. 그래서 지금도 저는 많은 분의 미소를 보고 싶어요. 어떻게 보면 이기적일 수도 있지만요."

방청객들 틈에 앉아 있는 팬을 발견했다. 행사가 있을 때마다 와 주는 그녀들은 '아즈마'라고 적힌 수건을 무릎에 올려둔 채 웃고 있었다.

"오늘 게스트는 국민 아이돌 그룹의 리더, 아즈마 유우 씨였습니다."

"감사합니다."

두 시간에 달하는 밀착 취재가 끝나자 성취감이 느껴졌다. 앉을 때는 항상 다리를 모을 것, 음식을 먹을 때는 예쁘게 먹을 것, 언제나 가슴을 펴고 있을 것, 시간을 엄수할 것, 번들번들한 얼굴로 나오지 않도록 아무리 이른 아침이라도 화장을 해 둘 것. 스스로 납득할 수 있을 만큼 노력하기를 잘했다. 스튜디오에서 본 VTR 속 나의 모습은 그야말로 아이돌이었다.

"수고했어."

스튜디오 밖에서 기다리고 있던 매니저, 메이크업 담당, 스타일리스트가 박수로 맞아 준다. 높은 힐도 개의치 않고 팔짝팔짝 뛰어서 대기실로 돌아가는 나를 다들 따뜻한 표정으로 감싸 주었다.

"끝났다, 끝났어!"

도시락 냄새로 가득한 대기실에서 힘껏 외친다. 편안해진 자세로 사복으로 갈아입고 짐을 챙긴 뒤 밖으로 나섰다. 엘리베이터 앞에는 분명 그 사람이 기다리고 있을 것이다.

"아즈마, 수고했데이."

"코가 PD님, 감사합니다!"

투박하기 짝이 없는 사투리. 눈썹을 그리기는 했지만 변함없는 금발에 움직이기 편할 듯한 얇은 셔츠를 입은 코가는 직급만 높아진 것 같았다.

"이제 친구들 만나고 올 거예요."

"진짜가?! 안부 잘 전해 도."

"네. 수고하셨어요!"

저녁 6시, 다이칸야마(代官山) 아트갤러리 앞. 예정대로 녹화가 끝난 덕분에 시간에 여유가 있을 듯하다. 지하에서 대기 중이던 차량에 올라타자 운전석에는 늘 함께 다니는 운전사가 있었다.

"자택으로 모실까요?"

"다이칸야마로 부탁드려요. 친구와 만나기로 해서요."

다 같이 모이는 것이 얼마 만인가. 도쿄에 사는 건 나와 쿠루미 둘뿐이라 특별한 이벤트가 있지 않은 이상 모이는 일이 없었다.

'사진전을 열게 됐으니 보러 와 줬으면 해.'

지난주, 8년 만에 그가 전화를 걸어왔다. 그도 번호를 바꾸지 않았기 때문에 화면에 뜬 이름을 보았을 때는 깜짝 놀랐다.

"여기에서 내려 주시면 돼요. 감사합니다."

차 문이 다 열리기도 전에 나는 친구들이 기다리는 장소로 뛰어들었다.

"아즈마!"

가장 먼저 내 어깨로 달려든 사람은 쿠루미다. 스물여섯 그녀의 머리에는 이제 토끼 끈이 보이지 않았다.

"반가워, 아즈마. 지난번에는 즐거웠어. 고마워."

순백의 코트를 두른 공주님은 얼마 전 라이브 공연에 왔다. 미나미는 공연이 있을 때마다 사치를 데리고 와 준다.

"아즈마, 오랜만이야."

커다란 배를 감싸 쥔 미카는 왠지 바바 아주머니와 비슷해진 모습이었다. 그녀는 곧 둘째 아이를 출산한다.

"다들 기다려 줘서 고마워."

"자, 들어갈까? 신지도 안에서 기다리고 있어."

〈별하늘 사진전 : 쿠도 신지〉

기다랗게 드리워진 큼지막한 플래카드에 적힌 글자를 보고 나는 가슴이 뜨거워지는 것을 느꼈다. 이미 폐관한 시간이라 관내에는 우리밖에 없었다.

쿠루미가 묵직한 유리문을 열자 정면에 한 명의 남성이 서 있었다. 검은 뿔테 안경에 베이지색 바지를 입은 그를 나는 잘 알고 있다.

"신지!"

"신지 씨!"

달려가는 쿠루미, 카토리, 미카와 인사를 나눈다. 그런 그의 모습을 나는 한동안 바라보고 있었다. 옛날 같은 아기 피부까지는 아니더라도 실제 나이인 서른 전후보다는 더 어려 보인다. 여전히 마른 체형 탓인지 연약한 분위기는 벗지 못했지만 그래서 오히려 더 기뻤다. 온화한 눈동자로 이야기하는 그의 옆얼굴을 보고 있는데 돌연 검은 뿔테 안경이 내 쪽으로 향한다.

"오랜만이네, 아즈마."

"오랜만…… 이야."

"그럼 우리는 먼저 보고 있을게."

"자, 잠깐만……."

쿠루미는 신지의 등을 탁탁 때리더니 카토리와 미카를 데리고 가 버렸다. 널찍한 입구에 그와 나, 둘만이 남았다. 나처럼 난처해하고 있을 줄 알았더니 신지는 부드러운 표정으로 나를 바라보고 있다. 그는 이미 커피가 없어도 충분히 어른이었다.

"고마워. 바쁜데 와 줘서."

"아냐. 대단해, 사진전을 열다니."

"아즈마 덕분이야."

고마워,라고 말하며 그는 허리를 깊이 숙였다.

"내가 한 게 뭐 있다고. 신지는 옛날부터 재능 있었잖아."

"그런 말 옛날에는 안 해 줬으면서."

헤헤, 하고 웃는 신지를 보니 그제야 긴장이 풀린다. 이 웃음…… 그때와 똑같다.

"소감을 듣고 싶은데, 가기 전에 말해 줄래?"

"물론이지."

"그럼 나는 출구에서 기다릴게. 천천히 둘러 봐."

신지와 인사한 후 나는 어색한 발소리를 울리며 루트를 따라 걸었다.

첫 번째는 석조 건물의 교회와 그 위에 떠 있는 별하늘 사진이었다. 「테카포」라고 적힌 그림 같은 풍경이 왠지 익숙하게 느껴졌지만 촬영일은 작년이었다.

아이돌이라는 직업을 갖게 된 후 나도 카메라를 접할 기회가 많아졌다. 정기적으로 있는 잡지와 CD 재킷, 사진집 촬영. 하지만 찍히는 일이 많다고 해서 사진을 잘 아는 것은 아니다. 흐릿한 사진을 찍으려면 셔터 스피드를 올려야 하는지 내려야 하는지조차도 모른다. 그런 나도 알 수 있었다. 신지의 사진은 무척이나 아름답다는 것을.

화살표를 따라 걸어가자 검은 문이 나타난다. 족히 서른 장은 봤을 것이다. 눈 깜짝할 사이에 벌써 출구에 다다른 것 같다.

철컥.

"드디어 왔다!"

"기다렸어."

나를 두고 간 삼인방은 미안한 기색도 없이 기다리고 있었다.

"먼저 가 버리다니 너무해."

"미안, 미안."

"아즈마, 이것 봐!"

미카가 가리키는 손끝에는 지금까지 전시되었던 사진들과는 비교도 할 수 없을 정도로 큼지막한 사진이 걸려 있었다. 그 사진을 보고 나는 말을 잃었다.

"……이 ……이건……."

당시의 기억이 한순간에 되살아난다. 작은 셔터 소리를 터뜨렸던 그의 카메라. 싸구려 의상을 입은 우리들.

"저 순간은 평생 다시 오지 않겠지."

"아무런 걱정도 없이 좋아하는 걸 하고, 실없는 얘기를 하면서 같이 웃고. 참 좋았어……."

"나, 이렇게 행복한 얼굴이었구나."

「트라페지움」

촬영일은 지금으로부터 8년 전인 5월 26일. 여고생들은 모두 꿈을 그리고 있었다.

"어땠어?"

"너무나 멋진 사진전이었어. 고마워."

"8년 전의 그 일, 아즈마는 기억해?"

"사진 보니까 생각나더라. 공업제 때 신지가 찍어 줬잖아."

"파인더를 바라본 순간을 지금도 잊을 수가 없어."

오로지 아이돌이 되고 싶었다. 그때의 나는 지금의 나보다 더 유치하고, 바보 같고, 볼품없었으며, 한심했다.

꿈을 이루는 기쁨은 꿈을 이룬 사람만이 알 수 있다. 그러니 나는 분명히 말할 수 있다. 그때의 나에게, 고맙다고.

"사실 아즈마에게 더 빨리 말해야 했을지도 몰라."

"응?"

"처음 봤을 때부터, 넌 빛나고 있었어."

「나의 방향」

겉모습만 신경 쓰던 소녀
열여섯에 고민한
어른의 정의

기발한 패션으로 마음을 표현해
나를 비웃는 이 도시와
사이좋게 지내기는 관뒀어

동서남북을
청춘 티켓으로 여행 중
믿음직한 순풍
스커트 휘날리는 사랑

존재의 가치를 찾아
고독과 싸우는 인생은
예고 없이 종말을 고해
빛나는 출발점
너를 만난 날

인기 많은 요즘 카페
사람이 많은 건 싫어
오래된 찻집으로 가자

흘러나오는 노래에 나를 투영해
눈물이 볼을 타고 흐르기 전에
커피를 한 모금 들이켰어

동서남북을
청춘 티켓으로 모험 중
아무도 밟지 않은 땅에 내리는 용기
지금의 내게는 있지

최고의 순간을
수없이 갱신하는 인생
내게는 너무 눈부시지만
지키고 싶어
너와의 약속

인생이라는 지도
도착점에 별표를 붙이자
나침반은 필요 없어
빛을 따라 걸으면 돼

| 주요 등장인물 |

트라페지움, 동서남북에서 빛나는 네 개의 별

★ '동쪽의 별' 아즈마 유우
아이돌을 꿈꾸는 야심찬 여고생. 동쪽에 위치한 '히가시(東)' 고교에 다니고 있다. 자신을 가로막는 벽이 나타나면 벽을 기어오르거나 부숴서라도 쟁취하고 마는 거침없는 성격. 우연히 접한 아이돌 무대 영상을 보고 자신도 '빛나는 사람'이 되고 싶다고 결심하고, 동서남북을 대표하는 네 명의 멤버로 구성된 걸그룹을 만들겠다는 계획을 세운다. 무작정 찾아간 남쪽 학교에서 테니스 만화의 주인공 같은 소녀를 만나는 순간, 은밀한 '아이돌 데뷔 프로젝트'가 시작된다.

★ '남쪽의 별' 카토리 란코
화려한 외모에 기품 있는 말투를 쓰는 자타공인 공주님. 사립 여학원 '세이난(聖南) 테네리타스'에 다니는 부유한 집안의 아가씨로, 좋아하는 만화 주인공을 따라 테니스부에 들어가지만 운동신경이 그다지 좋지 않아 경기에서 한 번도 이긴 적은 없다. 다른 사람을 깔보는 듯한 말투 때문에 자칫 건방져 보이지만, 실제로는 눈물도 많고 따뜻한 마음씨를 가졌다. 유우가 처음 만난 멤버로, 종종 '미나미(남쪽)'라고 부른다.

★ **'서쪽의 별' 타이가 쿠루미**

귀여운 외모에 프로그래밍이 특기인 로봇계의 프린세스. '니시(西) 테크노공업 고등전문학교'의 히로인으로, 로봇 콘테스트에서 엄청난 미모로 화제가 되었으나 막상 본인은 눈에 띄는 것을 싫어한다. 낯가림이 심해 처음 보는 사람에게는 냉정하고 무뚝뚝한 반면, 좋아하는 친구에게는 '샤랄라' 미소를 보여준다. 스스로를 '쿠루미'라고 칭하는 귀여운 말투를 사용한다.

★ **'북쪽의 별' 카메이 미카**

누가 봐도 아름다운 외모와 성숙한 분위기의 미인. '기타(北) 고등학교'에 다니면서 방과 후에는 '바바하우스'에서 봉사 활동을 하고 있다. 유우와는 초등학교 동창으로 서점에서 우연히 다시 만난 것을 계기로 동서남북의 일원이 된다. 어린 시절 학교에 적응하지 못한 상처를 품고 있으며, 유우와는 특별한 인연을 갖고 있는 듯하다.

★ '파트너' 쿠도 신지

부스스한 곱슬머리에 두꺼운 안경을 쓴 평범한 고등학생이자 아마추어 사진작가. 낯을 가리는 소심한 모습을 보이는 한편, 교복을 좋아하는 오타쿠라는 사실도 스스럼없이 밝히는 독특한 캐릭터다. 타이가 쿠루미를 만나기 위해 찾아간 니시 공업학교에서 길 안내를 해 준 것을 계기로 유우의 은밀한 아이돌 데뷔 프로젝트의 조력자가 된다.

옮긴이 김수지

전남대학교 일어일문학과를 졸업하고 이화여자대학교 통역번역대학원에서 통역학 석사 학위를 받았다. 현재 전문 번역가로 활동 중이며, 옮긴 책으로는 『신의 카르테 2:다시 만난 친구』, 『오늘 밤, 로맨스 극장에서』, 『미래의 미라이』 등이 있다.

트라페지움(개정판)

1판 1쇄 발행 2019년 6월 19일
2판 1쇄 발행 2024년 11월 6일

지은이 타카야마 카즈미 **옮긴이** 김수지
펴낸이 김영곤 **펴낸곳** (주)북이십일 아르테
문학팀 김지연 원보람 권구훈
해외기획팀 최연순 홍희정 소은선
출판마케팅팀 한충희 남정한 나은경 최명열 한경화
영업팀 변유경 김영남 강경남 황성진 김도연 권채영 전연우 최유성
제작팀 이영민 권경민

출판등록 2000년 5월 6일 제406-2003-061호
주소 (우 10881) 경기도 파주시 회동길 201(문발동)
대표전화 031-955-2100 **팩스** 031-955-2151

ISBN 979-11-7117-876-6 03830

아르테는 (주)북이십일의 문학 브랜드입니다.

- 책값은 뒤표지에 있습니다.
- 이 책 내용의 일부 또는 전부를 재사용하려면 반드시 (주)북이십일의 동의를 얻어야 합니다.
- 잘못 만들어진 책은 구입하신 서점에서 교환해드립니다.